을 유 세 계 문 학 전 집 · 8 2

로미오와 줄리엣

로미오와 줄리엣

ROMEO AND JULIET

윌리엄 셰익스피어 지음 · 서경희 옮김

❀ 을유문화사

옮긴이 **서경희**

서울대학교 영어영문학과에서 「셰익스피어 희극에 나타난 탈가부장제적 결혼의 이상과 여성의 역할」이라는 논문으로 박사 학위를 받았으며, 현재 광주대학교 국제언어문화학부 교수다. 논문으로는 「셰익스피어 번역의 성과와 과제」, 「셰익스피어를 어떻게 가르칠 것인가」, 「최근의 셰익스피어 국외 연구동향」, 「줄리엣과 연인 로미오의 슬픈 이야기: 『로미오와 줄리엣』」, 「플로리젤과 퍼디타: 모건과 개릭의 『겨울 이야기』 각색」 등이 있으며, 저서로는 『영미문학의 길잡이 2』(공저), 『영미명작, 좋은 번역을 찾아서』(공저), 역서로는 『장편소설과 민중언어』(공역) 등이 있다.

을유세계문학전집 82
로미오와 줄리엣

발행일 · 2016년 4월 25일 초판 1쇄 | 2020년 12월 25일 초판 2쇄
지은이 · 윌리엄 셰익스피어 | 옮긴이 · 서경희
펴낸이 · 정무영 | 펴낸곳 · (주)을유문화사
창립일 · 1945년 12월 1일 | 주소 · 서울시 마포구 서교동 469-48
전화 · 02-733-8153 | FAX · 02-732-9154 | 홈페이지 · www.eulyoo.co.kr
ISBN 978-89-324-0464-6 04840 978-89-324-0330-4(세트)

차례

로미오와 줄리엣 • 7

주 • 179
해설 낭만적 사랑의 신화: '로미오와 줄리엣' • 199
판본 소개 • 233
윌리엄 셰익스피어 연보 • 237

등장인물

코러스

에스칼러스 베로나의 영주
패리스 젊은 귀족, 영주의 친척
몬터규 캐풀렛 가문과 원수지간의 가장
캐풀렛 몬터규 가문과 원수지간의 가장
노인 캐풀렛 가문의 일원
로미오 몬터규의 아들
머큐쇼 영주의 친척, 로미오의 친구
벤볼리오 몬터규의 조카, 로미오의 친구
티볼트 캐풀렛 부인의 조카
페트루키오 티볼트의 (무언의) 추종자
로런스 신부 프란체스코 수도회 소속
존 신부 프란체스코 수도회 소속
밸서자 로미오의 시동(侍童)
에이브럼 몬터규 가문의 하인
샘슨 캐풀렛 가문의 하인
그레고리 캐풀렛 가문의 하인
어릿광대 캐풀렛 가문의 하인
피터 줄리엣의 유모의 하인
패리스의 시동

약재상
세 명의 악사

몬터규 부인 몬터규의 아내
캐풀렛 부인 캐풀렛의 아내
줄리엣 캐풀렛의 딸
유모 줄리엣의 유모

베로나의 시민들, 두 가문의 몇몇 신사들과 숙녀들, 가장무도회 손님들, 횃불지기들, 시종들, 문지기들, 야경꾼들, 하인들과 수행원들.

장소: 베로나, 만투아

서사(序詞)

코러스* 등장.

우리 연극 무대 삼은 아름다운 베로나*에
똑같이 지체 높은 두 가문이 있었으니,
해묵은 원한으로 새 싸움을 일으키고
시민들이 흘린 피로 시민들 손 더럽히네.
이 두 원수 집안 숙명의 아랫도리에서
불운한 별자리 얽힌 한 쌍 연인* 태어나네.
이 두 연인 처절하고 가련하게 끝장나니
자신들의 죽음으로 부모 원한 묻는구나.
죽음으로 예정된 두려운 이들 사랑,
자식들의 죽음 외엔 사라지게 할 수 없는
양가 부모 마음속의 끝없는 격분이
이제부터 두 시간 동안* 무대 위에 펼쳐질 터.

여러분이 참으시고 귀 기울여 주시오면

이번 공연 허물은 애를 써서 고치리오.

(퇴장.)

1막

1장

[베로나, 광장]

캐풀렛 가문의 하인 샘슨과 그레고리, 칼과 방패를 들고 등장.

샘슨 그레고리, 맹세코 이런 모욕은 못 참겠어.

그레고리 안 되지, 그럼 석탄 장수가 되고 말 테니.

샘슨 내 말은, 화가 나면 칼을 뽑겠다는 거지.

그레고리 글쎄, 살아 있는 동안 교수형 올가미에서 목이나 뽑으시지.*

샘슨 난 성이 났다 하면 재빨리 내리쳐.

그레고리 그런데 자네는 내리칠 만큼 재빨리 성이 안 나잖아.

샘슨 몬터규네 개만 봐도 성이 난다니까.

그레고리 성이 나면 움직이고, 용감하면 버티고 서는 법. 그러니 자네는 성이 나면 도망쳐 버릴걸.

샘슨 그 집 개만 봐도 난 성이 나서 선다니까. 몬터규 집안이면 연 놈 할 것 없이 밀어붙이고 담벼락 쪽 길*을 차지하겠어.

그레고리 그러니 자네가 못난 놈이지. 제일 약한 놈이 담 쪽으로 밀리게 마련이거든.*

샘슨 맞아. 그래서 더 연약한 그릇인 여자들*이 늘 담 쪽으로 떠밀리게 되어 있다고. 그러니까 난 몬터규네 사내놈들은 담에서 끌어내고 계집들은 담 쪽으로 밀어붙일 작정이야.

그레고리 주인들이 서로 싸우니 우리 하인들도 그 집 하인 놈들과 싸울 수밖에.

샘슨 매한가지야. 난 실컷 행패나 부려야지. 사내놈들과 싸움이 끝나면 계집들에게는 친절을 베풀어 고것들의 모가지를 잘라 버리겠어.

그레고리 계집들의 모가지를 말이야?

샘슨 그래, 계집들의 모가지든 처녀막이든 자네 마음대로 생각해.

그레고리 고것들이 느껴 보면 좋다고 하겠지.

샘슨 내 물건이 버티고 서 있는 한 고것들이 재미를 보게 될걸. 내 물건이 괜찮다는 건 모두가 아는 사실 아닌가.

그레고리 자네가 생선이 아닌 게 다행이군. 그랬다면 자넨 소금에 절여 말린 대구*였을 테니. 자네 연장을 뽑게. 마침 몬터규네 놈들 둘이 오고 있어.

다른 두 명의 하인(에이브럼과 밸서자) 등장.

샘슨 내 발가벗은 무기를 빼 들었어. 자네가 시비를 걸게.
    뒤는 내가 봐줄 테니.

그레고리 뭐, 등을 돌려 꽁무니를 빼려고?

샘슨 내 걱정은 말게.

그레고리 아니, 자네가 걱정된다니까.

샘슨 법을 우리 편에 두자고. 그러니 놈들이 먼저 시비를 걸게 해.

그레고리 내가 지나가면서 인상을 써 볼게. 놈들이 어떻게 받아들
    일지 두고 보자고.

샘슨 아니, 그거야 놈들 담력에 달렸지. 내가 엄지손가락을 물어
    뜯어 보이겠어.* 그래도 가만있으면 제 놈들의 수치지.

에이브럼 이보쇼. 지금 우릴 보고 엄지손가락을 물어뜯는 거요?

샘슨 내 엄지손가락을 물어뜯는 거요.

에이브럼 지금 우리한테 엄지손가락을 물어뜯는 거냐고 묻잖소?

샘슨 (그레고리에게 방백) 그렇다고 말하면 법이 우리 편인가?

그레고리 (샘슨에게 방백) 아니지.

샘슨 아니, 당신들 보고 엄지손가락을 물어뜯는 게 아니라
    그냥 내가 엄지손가락을 물어뜯는 것뿐이오.

그레고리 여보시오, 지금 시비를 거는 거요?

에이브럼 시비라고? 천만에.

샘슨 시비를 거는 거라면 내가 상대해 주지.
    나도 당신들만큼 훌륭한 주인을 모시고 있소.

에이브럼 더 훌륭한 주인은 아니고?

샘슨 그야 뭐.

벤볼리오 등장.

그레고리 (샘슨에게 방백) 더 훌륭하다고 말해. 저기 주인댁 친척
　분이 오고 있잖아.

샘슨 물론 우리 주인이 더 훌륭하시지.

에이브럼 거짓말하지 마!

샘슨 사내라면 어디 칼을 뽑아 보든가. 그레고리, 철썩 휘두르는
　자네 칼 솜씨를 보여 줘.

　　(하인들이 싸운다.)

벤볼리오 떨어져라, 이 바보 멍청이들!

　　(그들의 칼을 내리친다.)

　칼을 거둬. 네놈들이 지금 뭘 하는지 모르는구나.

티볼트 등장.

티볼트 뭐야, 비겁한 하인들 틈에서 칼을 뽑는단 말이냐?
　고개를 돌려, 벤볼리오. 네 죽음의 얼굴을 보라고.

벤볼리오 난 그저 싸움을 말리려 했을 뿐이오. 칼을 거두시오.
　아니면 그 칼로 나와 함께 이놈들 싸움이나 말리든가.

티볼트 뭐라고? 칼을 빼 들면서 평화를 운운해?
　평화란 말은 지옥만큼이나 싫어.
　몬터규 집안 놈들이라면 죄다 싫고 너도 마찬가지야.
　자, 칼을 받아라, 비겁한 놈!

(둘이 싸운다.)

곤봉 혹은 미늘창*을 든 시민 서너 명 등장.

시민들   곤봉과 도끼창과 미늘창을 들어라!* 내리쳐라! 놈들을 때
려눕혀라!
　캐풀렛 집안 놈들 때려눕혀라! 몬터규 집안 놈들 때려눕혀라!

실내복 차림의 늙은 캐풀렛과 캐풀렛 부인 등장.

캐풀렛   이게 웬 소란이냐? 내 장검을 가져오너라, 어서!
캐풀렛 부인   지팡이나 가져오라고 하세요, 지팡이! 칼은 왜요?
캐풀렛   내 칼을 가져오라니까! 몬터규 영감이 오고 있잖소.
　날 해칠 생각으로 칼을 휘두르면서 말이야.

늙은 몬터규와 몬터규 부인 등장.

몬터규   이 악당 캐풀렛!
　날 잡지 마시오! 놓으라니까!
몬터규 부인   싸우실 거면 한 발짝도 못 움직이시게 하겠어요.

영주 에스칼러스, 수행원들과 함께 등장.

영주　평화를 교란하는 반역자들아,

이웃의 피로 칼을 더럽히는 불경한 자들아!

내 말이 안 들리느냐? 사람이면서 짐승 같은 것들아!

너희 혈관에서 샘물처럼 솟는 붉은 피로

흉악한 격분의 불길을 끄려 하다니!

고문의 고통이 두렵거든, 그 피 묻은 손에서 끔찍한 무기를 땅에 던지고,

분노한 이 영주의 엄명을 들으라.

캐풀렛 영감과 몬터규 영감은

하찮은 말을 빌미로 세 번이나 사사로운 싸움을 벌여

조용한 이 도시의 거리를 소란스럽게 했다.

그리하여 베로나의 노인들은

그들의 점잖은 나이에 어울리는 지팡이를 내던지고

평화로 녹슨 낡은 미늘창을 그 미늘창만큼 늙은 손에 쥐고서

병든 증오심으로 가득 찬 너희를 뜯어말려야 했다.

다시 한 번 이 거리를 소란스럽게 한다면

평화를 깨뜨린 죄의 대가로 너희 목숨을 바쳐야 할 것이다.

이번에는 다른 이들은 모두 물러가라.

캐풀렛, 당신은 나와 함께 가고,

몬터규, 당신은 오늘 오후에 우리의 공공 법정인

유서 깊은 프리타운*으로 출두하시오.

이번 사건과 관련해 내가 원하는 바를 알려 주겠소.

다시 한 번 명령한다. 죽음이 두렵거든 모두 해산하라.

(몬터규, 몬터규 부인, 벤볼리오만 남고 모두 퇴장.)

몬터규　이 해묵은 싸움의 뚜껑을 다시 연 게 누구냐?

말해 봐라, 벤볼리오. 싸움이 시작될 때 여기 있었느냐?

벤볼리오　제가 오기 전에 이미

저 원수 집안의 하인들과 숙부님 댁 하인들이

한창 싸움을 벌이고 있었습니다.

그들을 떼어 놓으려고 제가 칼을 뽑았죠.

바로 그때 불같은 티볼트가 칼을 빼 들고 나타나

제 귀에 욕설을 퍼부으면서

자기 머리 위로 그 칼을 휘둘러 바람을 갈랐지만

그의 칼에 베인 것은 아무것도 없었고

조롱하듯 바람 소리만 쉿 하고 났습니다.

우리가 치고받으며 싸우는 동안

더 많은 사람들이 몰려들어 패를 갈라 싸우게 되었고

때마침 영주님이 오셔서 양쪽을 떼어 놓으신 겁니다.

몬터규 부인　아, 로미오는 어디 있지? 오늘 그 애를 보았느냐?

그 애가 이 싸움에 끼어들지 않아 천만다행이구나.

벤볼리오　숙모님, 숭고한 태양이 황금빛 동녘 창문으로 얼굴을 내밀기 한 시간 전에

저는 심란한 마음에 집 밖으로 나가 걸었습니다.

이 도시 서쪽에 있는 단풍나무 숲 그늘에서

그토록 이른 시간에 아드님이 거닐고 있는 걸 보았지요.

제가 다가가자 저를 알아챈 로미오는

슬그머니 숲 속으로 자취를 감추었습니다.

제 마음도 그때 지친 제 자신과 함께 있는 것이 너무 힘들고

사람들이 가장 찾기 어려운 곳을 찾아다니던 터라,

제 경우에 비추어 로미오의 심정을 짐작하고

로미오의 기분보다 제 기분에 따라

저를 피하려는 그를 제가 기꺼이 피해 주었답니다.

몬터규　아침마다 그 애가 그곳에 가서

눈물을 뿌려 신선한 아침 이슬의 양을 더하고

깊은 한숨을 쉬어 구름에 더 많은 구름을 보탠다는구나.

그러다가 곧 만물에 생기를 주는 태양이

저 머나먼 동쪽 하늘 새벽의 여신의 침대로부터

어두컴컴한 장막을 걷어 내기 시작하면,

우울한 내 아들은 밝은 빛을 피해 슬며시 돌아와

혼자 방에 스스로를 가둔다고 하는구나.

창문을 닫아 아름다운 햇빛을 막고는

억지로 낮을 밤으로 만든다나.

충고를 잘해서 그 원인을 없애 주지 않는다면

이런 우울증은 반드시 불길한 결과를 낳고 말 거다.

벤볼리오　존경하는 숙부님, 숙부님은 그 원인을 아십니까?

몬터규　나야 원인을 모르지. 그 애한테서 알아낼 도리도 없고.

벤볼리오　어떤 방법으로든 알아내려고 해 보셨나요?

몬터규　나뿐만 아니라 다른 친구들도 나서 보았지.

하지만 그 애는 자기가 제 감정의 상담자라서

(얼마나 믿을 만한지는 알 수 없고)

저 혼자에게만 속을 털어놓는구나.

혼자서 비밀을 꼭꼭 간직하고 있으니

도저히 원인을 헤아려 알아낼 도리가 없다.

마치 시기심 많은 벌레에게 뜯어 먹힌 꽃봉오리 같아.

그 예쁜 꽃잎을 대기 중에 활짝 펼치기도 전에,

아름다운 모습을 태양에 바치기도 전에 뜯어 먹힌 꽃봉오리.

그 슬픔이 어디서 자라나는지 알 수만 있다면

우리가 아는 데까지 최대한 치료해 줄 수 있을 텐데.

로미오 등장.

벤볼리오   저기 로미오가 옵니다. 잠시 자리 좀 피해 주세요.

단호히 거절당할지도 모르지만

슬픔의 원인이 무엇인지 알아내 보겠습니다.

몬터규   네가 여기 있다가 로미오의 솔직한 고백을 들을 수 있다면

참 다행이겠구나. 자, 부인, 자리를 피해 줍시다.

(몬터규와 몬터규 부인 퇴장.)

벤볼리오   안녕, 사촌.

로미오   아직 이른 아침인가?

벤볼리오   시계가 방금 9시를 쳤어.

로미오   이런, 슬픔에 찬 시간은 길게 느껴지는 법.

지금 급히 이곳에서 자리를 뜨신 분이 아버지 맞지?

벤볼리오 맞아. 그런데 무슨 슬픔이 로미오의 시간을 길게 만든 거지?

로미오 길어진 시간을 짧게 만들 그 무엇이 없기 때문이지.

벤볼리오 사랑 안에 빠졌단 말이야?

로미오 아니, 밖에.*

벤볼리오 사랑에서 멀어졌다는 거야?

로미오 내가 사랑에 빠진 여인의 호감에서 멀어졌다고.

벤볼리오 저런! 그토록 부드러운 모습을 한 사랑이
실제 겪어 보면 그렇게 포악하고 거칠다니!

로미오 슬픈 일이지!
항상 눈가리개를 하고 다니는 사랑은*
눈 없이도 제가 원하는 길을 잘도 찾아간다네!
우리 식사는 어디서 할까? 이런, 여기서 무슨 소동이 났었나?
말하지 않아도 돼. 모두 다 들었으니까.
여기 소동은 증오 때문에 크게 생겨난 거지만
사랑 때문에 생긴 소동은 그보다 더 크다네.
그렇다면, 오, 싸우는 사랑이여! 오, 사랑하는 증오여!
오, 최초의 무(無)에서 창조된 유(有)여!
오, 무거운 가벼움이여, 진지한 경박함이여,
겉모양 근사한 꼴사나운 혼돈이여!
납덩이처럼 무거운 깃털, 환한 매연, 차디찬 불, 병든 건강,
항상 깨어 있는 잠, 실체인데 실체가 아닌 것이여!*
이런 사랑을 난 느끼네만, 여기 소동에 대해선 사랑을 못 느낀

다네.

자넨 우습지 않나?

벤볼리오   아니, 로미오, 차라리 울고 싶군.

로미오   착한 자네가 무엇 때문에?

벤볼리오   자네의 착한 마음이 짓눌려 있으니까.

로미오   아니, 그건 한도를 넘어선 애정이야.

내 슬픔만으로도 가슴이 무거운데,

자네 슬픔까지 더해서 내 가슴을 무겁게 짓누를 셈인가?

자네가 보여 주는 이런 우정은 그렇잖아도

감당키 어려운 내 슬픔을 더해 줄 뿐이라네.

사랑이란 한숨의 숨결로 이루어진 연기,

깨끗이 씻기면 연인들의 눈 속에서 반짝이는 불꽃이 되고,

흐려지면 연인들의 눈물로 넘쳐흐르는 바닷물이 되지.

그게 아니면 뭐랄까? 대단히 분별 있는 광기요,

숨 막히게 쓴 쓸개즙이면서 활력 주는 감로수(甘露水)이기도 해.

잘 있어, 사촌.

벤볼리오   잠깐, 같이 가. 그렇게 가 버리면 안 돼.

로미오   쳇! 난 나를 잃었다고. 나는 여기 없어.

이 사람은 로미오가 아니야. 그는 어딘가 딴 곳에 있어.

벤볼리오   진지하게 말해 봐. 자네가 사랑하는 상대가 누구야?

로미오   뭐, 나더러 고통에 신음하면서 말하라고?

벤볼리오   신음이라니? 천만에! 진지하게 상대가 누군지 말해 줘.

로미오   신음하는 환자에게 유서를 쓰라는 거야?

중병을 앓고 있는 사람에게 당치 않은 말이지.

자네에게 진지하게 말하는데, 난 한 여인을 사랑하고 있어.

벤볼리오 나도 그리 짐작했어. 거의 과녁을 맞히긴 했군.

로미오 기막힌 명사수야! 내가 사랑하는 여인은 미인이라네.

벤볼리오 그렇게 멋진 표적이라면 당장 활로 쏴 맞히면 되잖아.

로미오 그런데 이번엔 빗나갔네.

그 여인은 큐피드의 화살에 맞기를 거부한다네.

달의 여신의 지혜를 갖추고*

순결의 갑옷으로 단단히 무장하고 있어서

애들 장난감 같은 힘없는 사랑의 화살에는 끄떡 않는다니까.

그 여인은 구애의 말로 공격해도 굴복하지 않고,

눈빛으로 공격해도 상대해 주지 않고,

성자마저 유혹하는 황금에도 무릎을 벌려 주질 않네.*

아, 그녀는 절세미인이지만 가련한 일이지.

자손 없이 죽으면, 아름다움이란 재산을 물려주지 못할 테니.

벤볼리오 그럼 평생 순결을 지키겠다고 맹세한 여자란 말이야?

로미오 그래. 그렇게 인색한 건 오히려 큰 낭비 아닌가.*

금욕으로 인해 아름다움이 굶주려 죽게 되면

자손만대에 걸쳐 이어질 아름다움의 혈통은 끊어질 테니까.

그녀는 너무도 아름답고, 너무도 현명하고,

현명함으로 지극한 아름다움을 지키고 있으니

나를 절망에 빠뜨리면서 구원의 행복을 얻진 않을 거야.

그녀는 사랑을 하지 않기로 맹세했다네.

그 때문에 지금 이 말을 하고 있는 난 산송장이나 다름없고.

벤볼리오   내 말 잘 들어. 그 여자 생각하는 걸 잊게.

로미오   아, 어떻게 하면 생각하는 걸 잊을 수 있는지 가르쳐 주게.

벤볼리오   자네 눈에 자유를 주란 말이야.

다른 미인들을 살펴보라고.

로미오   그 방법은 그녀의 뛰어난 아름다움을 더욱 생각나게 할 뿐이야.

미녀들의 이마에 닿아 입맞춤하는 이 행복한 가면들을 봐.

검기 때문에 오히려 그 안에 숨겨진 미모를 생각하게 하잖아.*

갑자기 눈먼 사람이 잃어버린 시력이라는

귀중한 보물을 잊을 수 없는 것처럼 말이야.

내게 절세미인을 데려와 보게.

그 정도 미모는 절세미인마저 능가하는 그녀를

읽을 수밖에 없게 만드는 주석(註釋)의 역할 외에 뭘 할 수 있겠나?*

잘 가게. 자넨 내게 그녀를 잊을 수 있는 방법을 가르쳐 주지 못해.

벤볼리오   꼭 가르쳐 주고야 말겠어. 안 그러면 빚을 지고 죽는 셈일 테니.　　　　　　　　　　　　　　　　　　　(둘 다 퇴장.)

2장

[베로나, 거리]

캐풀렛, 패리스 백작, 캐풀렛의 하인인 어릿광대 등장.

캐풀렛 하지만 몬터규도 나와 똑같이 평화를 지킬 법적 의무를 지며
벌도 똑같이 받았소. 우리 같은 늙은이들이
평화를 지키는 건 어려운 일이 아니라 생각하오.

패리스 두 분 다 명망이 높은데
그렇게 오랫동안 사이가 좋지 않다는 건 유감스러운 일이군요.
그건 그렇고, 제 청혼에 대해선 어떻게 생각하십니까?*

캐풀렛 전에 한 말을 다시 할 수밖에 없겠소.
내 딸은 아직 세상 물정을 모르고
나이도 열네 살이 채 되지 않았소.*
한여름의 꽃이 시드는 걸 두 번은 더 봐야
신붓감이 될 만큼 성숙할 것 같소.

패리스 더 어린 나이에 행복한 어머니가 된 여자들도 있습니다.

캐풀렛 너무 일찍 그리되면 너무 일찍 망가진답니다.
희망을 걸었던 다른 자식들은 모두 죽고 그 애만 남았으니
그 애가 우리 가문의 희망이 걸린 유일한 상속자라오.
하지만 패리스 백작, 딸애한테 구애하여 마음을 얻어 보시오.
딸애가 승낙하면 내 뜻은 부차적인 것일 터이니.

딸애가 동의하면 그 애의 선택에 따라

나도 승낙하고 기꺼이 따르겠소.

오늘 밤 우리 집에서 관례대로 연회를 베풀 것이오.

연회에 내가 좋아하는 손님들을 초대했고

백작도 그 손님들 중 한 분으로 되어 있으니

백작이 가장 환영받는 손님으로 와 주시면

연회에 참석하는 손님들의 수도 더 늘고 좋지요.

비록 누추한 집이지만 오늘 밤 참석하시면

캄캄한 하늘을 밝혀 주는 별들이 지상에서 걷고 있는 듯한

여인들을 보시게 될 겁니다.

화려한 옷차림의 4월이 절룩거리는 겨울의 발뒤꿈치를

밟으며 따라올 때 생기발랄한 젊은이들이 느끼는

그런 위안과 같은 기쁨을

회향풀 봉오리 같은 싱그러운 처녀들에 둘러싸여

오늘 밤 내 집에서 맛보시게 될 것이오.

두루 듣고 본 다음, 그 가운데서

가장 돋보이는 여인을 고르시면 됩니다.

많은 여인들을 더 보게 되면, 내 딸애도 그중 하나일 텐데

무리 중에 속하긴 하겠지만 따져 보면 특출하진 않을 겁니다.

자, 그럼 갑시다.

(하인에게) 여봐라, 어서 아름다운 베로나 시내를 둘러 오너라.

여기 이름이 적혀 있는 분들을 찾아가서

(종이 한 장을 주며) 그분들께 말씀드려라.

부디 우리 집에 와서 즐겨 주시기를 바란다고 말이다.

(패리스와 함께 캐풀렛 퇴장.)

하인 여기 이름이 적힌 양반들을 찾아내란 말이지! 구두장이는
자를, 재단사는 구두 틀을, 낚시꾼은 화필을, 그림쟁이는 그물을
갖고 일해야 한다고 적혀 있군.* 여기 이름 적힌 양반들을 찾아가
라고 날 보냈지만 이걸 쓴 장본인이 여기다 무슨 이름을 써 놓았
는지 알 도리가 있어야지. 유식한 양반을 찾아가 봐야겠군. 아,
마침 잘됐다!

벤볼리오와 로미오 등장.

벤볼리오 이보게, 불은 다른 불로 끄고
고통은 다른 고통으로 덜어지는 법이지.
맴돌아 어지러운 것도 반대로 돌면 도움이 되는 법이고,
절망적인 슬픔도 다른 슬픔으로 치유되는 법이라네.
자네 눈에 새 눈병이 걸려야
고약한 옛 눈병의 독이 사라질 걸세.

로미오 그런 병에는 질경이 잎이 묘약이지.

벤볼리오 무슨 병에 말이야?

로미오 자네 정강이에 난 상처에.

벤볼리오 아니, 로미오, 자네 미쳤어?

로미오 미치진 않았지만 미치광이 이상으로 꽁꽁 묶인 셈이지.
옥에 갇혀 음식도 못 먹고 굶은 채

매를 맞으며 고문당하고 있다니까.*

(하인에게) 그런데 자네, 안녕한가?

하인   안녕하십니까? 저, 도련님, 읽을 줄 아십니까?

로미오   그래, 내 불행한 운명 정도는.

하인   그야 책을 읽지 않아도 터득할 수 있는 거고요. 그게 아니라
  눈에 보이는 건 뭐든 읽을 수 있으시냐고요.

로미오   당연하지, 글과 말을 안다면야.

하인   정직한 대답이십니다. 안녕히 계십시오.

로미오   이보게, 기다려 봐. 글을 읽을 줄 안다네.

(로미오가 그 종이를 읽는다.)

'마티노 씨와 그의 부인과 따님들,

앤셀미 백작과 그의 아름다운 누이들,

비트루비오의 미망인,

플라첸쇼 씨와 그의 아리따운 조카딸들,

머큐쇼와 그의 형제 밸런타인,

캐풀렛 숙부님, 숙모님과 그 따님들,

아름다운 조카딸 로절라인과 리비아,

발렌쇼 씨와 그의 사촌 티볼트,

루시오와 쾌활한 헬레나.'

선남선녀들의 모임이군. 이분들이 어디로 모이는가?

하인   위쪽이오.

로미오   어디? 만찬에?

하인   저희 집이오.

로미오　누구 집?

하인　제 주인댁이죠.

로미오　그래, 그걸 먼저 물었어야 했군.

하인　이제 묻지 않으셔도 말씀드리죠. 제 주인님은 갑부 캐풀렛 나리십니다. 도련님이 몬터규 집안 사람만 아니라면 부디 오셔서 술잔이나 나누시죠. 그럼 안녕히 계십시오.　　　　　(퇴장.)

벤볼리오　오랜 전통의 캐풀렛 집안 연회에

　자네가 그토록 사랑하는 아름다운 로절라인이

　베로나에서 칭송받는 뭇 미녀들과 만찬을 함께하는군.

　거기 가서 편견 없는 눈으로 비교해 보게.

　로절라인의 얼굴과 내가 보여 줄 몇몇 여인의 얼굴을.

　자네가 백조라고 여기던 여인을 내가 까마귀로 보이게 만들어

주겠어.

로미오　내 눈에 담긴 경건한 신앙심에 그런 거짓이 깃들어 있다면,

　눈물이여, 불꽃으로 변하라.

　곧잘 물에 빠져도 결코 죽지 않는 눈이여, 투명하게 빛나는 이

단자여,

　거짓말한 죄로 불에 타서 죽어라!*

　내 연인보다 더 아름답다고?

　천지 만물을 내려다보는 태양도

　천지개벽 이래 그녀와 견줄 만한 미인은 본 적이 없을 거야.

벤볼리오　쯧! 양쪽 눈 각각에 그녀만 올려놓고 서로 저울질하고,

　옆에 다른 여인이 없으니 그녀가 미인으로 보일 수밖에.

그 수정 같은 두 저울판에

자네가 사랑하는 여인과 내가 오늘 연회에서 보여 줄

다른 눈부신 처녀를 올려놓고 함께 저울질해 보게.

그러면 지금 최고로 보이는 그녀가 별 볼 일 없는 여자로 보일

걸세.

로미오　나도 함께 가겠어. 하지만 그런 광경을 보기 위해서가 아니라

내 연인의 찬란한 아름다움을 즐기기 위해서라네.

(모두 퇴장.)

3장

[베로나, 캐풀렛의 저택]

캐풀렛 부인과 유모 등장.

캐풀렛 부인　유모, 내 딸이 어디 있지? 그 애를 좀 불러 줘.

유모　열두 살 적 제 처녀막을 두고 맹세코,*

아가씨에게 이리로 오라고 일렀습니다요.

어린 양 아가씨! 무당벌레 아가씨! 원 참, 아가씨가 어디 있지?

줄리엣 아가씨!

줄리엣 등장.

줄리엣 네, 누가 찾으시나요?

유모 어머니가 부르세요.

줄리엣 어머니, 저 여기 있어요. 무슨 일이죠?

캐퓰렛 부인 그게 말이다. 유모, 잠시 자리 좀 비켜 줘.

우리끼리 은밀히 할 얘기가 있으니.

아니, 유모, 다시 돌아와.

생각해 보니 유모도 얘기를 듣는 게 좋겠어.

유모도 알다시피 딸애가 결혼할 나이가 되었네.

유모 그럼요. 아가씨 나이라면 전 시간까지 댈 수 있죠.

캐퓰렛 부인 아직 열네 살이 안 되었지.

유모 제 이빨 열네 개를 걸고 맹세할 수 있어요.

애통하게 네 개밖에 안 남았습니다만,

아가씨가 아직 열네 살은 아니죠. 추수절*까지 얼마나 남았을

까요?

캐퓰렛 부인 2주일하고 며칠 더 남았네.

유모 짝수 홀수 따질 것 없이 1년 365일 중

추수절 전날 밤이 되면 아가씨는 열네 살이 됩니다요.

제 딸 수전과 아가씨가 동갑이니까요.

— 하느님, 모든 기독교인의 영혼에 안식을 주시길!

천당에 간 수전은 제겐 과분한 딸자식이었죠.

어쨌든 제가 아까 말씀드린 대로

추수절 전날 밤이 되면 아가씨는 열네 살이 됩니다요.

틀림없어요. 전 지금도 잘 기억하고 있지요.

지진이 있은 뒤 이제 11년이 흘렀지만*

— 그때를 절대 잊을 수 없어요 —

1년 365일 중 바로 그날, 아가씨가 젖을 뗐다니까요.

전 젖꼭지에 쓰디쓴 약쑥 즙을 발라 놓고

비둘기 집 담 밑에서 햇볕을 쬐며 앉아 있었죠.

그 당시 주인님과 마님께서는 만투아*에 가 계셨어요.

제가 기억력이 아주 좋거든요. 그런데 말씀드렸듯이

아가씨는 제 젖꼭지에 발라 놓은 약쑥 맛을 보고는

맛이 쓰니까 글쎄 그 귀여운 바보 아기씨가

짜증을 내면서 젖꼭지와 싸움을 벌였답니다.

그때 비둘기 집이 '덜컹!' 하더라고요.

정말이지 저더러 자리를 비키라고 하실 필요가 없었다니까요.

그때 이후로 11년이 흘렀네요.

그때 아가씨는 혼자 서기도 하고

비틀거리면서 온 사방을 뛰어다녔답니다.

그 전날만 해도 아가씨는 넘어져서 이마에 상처가 났는데

그때 제 남편이 — 하느님이 그이 영혼을 보호해 주시길!

그이는 참 재미난 사람이었죠 — 아가씨를 일으켜 세우면서,

"그래, 아가씨, 앞으로 엎어지셨나요?

좀 더 철이 들면 뒤로 자빠지시게 될 텐데요.

안 그래요, 줄 아가씨?" 하니까,

아, 고 귀여운 아기씨가 울음을 그치고 "응" 그러지 않겠어요.

농담으로 한 말이 이제 실현되는 걸 보게 되다니,

정말이지, 제가 천 년을 살아도

그 말은 절대 잊지 못할 거예요.

"안 그래요, 줄 아가씨?"라고 하니까

고 귀여운 바보 아기씨가 울다 말고 "응" 했다니까요.

캐풀렛 부인 그만 좀 하게. 제발 조용히 좀 있어.

유모 네, 마님. 하지만 아가씨가 울음을 그치고

"응"이라고 말한 걸 생각하면

웃지 않을 수가 없습니다요.

하지만 정말 아가씨 이마에 병아리 불알만 한 혹이 났는데,

위험하게 부딪친 상처라 아가씨가 몹시 울었답니다.

제 남편이 아가씨에게 그랬죠. "그래, 앞으로 엎어지셨나요?

나이가 차면 뒤로 자빠지시게 될 텐데요.

안 그래요, 줄 아가씨?"

글쎄, 아기씨가 울음을 멈추고 "응" 했다니까요.

줄리엣 유모, 그만 좀 멈춰요. 제발, 그만.

유모 네, 그만하죠. 아가씨에게 하느님의 은총이 함께하시길!

아가씨는 제가 기른 아기 가운데 제일 예뻤어요.

살아생전에 아가씨가 결혼하는 걸 본다면

제 소원이 이루어지는 겁니다요.

캐풀렛 부인 바로 그거야. 내가 말하려는 것도

바로 그 '결혼' 얘기야.

내 딸 줄리엣, 말해 봐라. 결혼에 대해 어떻게 생각하니?

줄리엣 저로선 꿈도 꾸지 않은 명예랍니다.

유모   명예죠! 제가 아가씨의 유일한 유모라 말하긴 좀 뭣하지만

아가씨는 제 젖꼭지에서 지혜를 빨아들인 거라고나 할까요.

캐풀렛 부인   이젠 너도 결혼에 대해 생각해야지.

이곳 베로나에는 너보다 나이 어린 명문가의 여자애들이

벌써 엄마가 되었단다.

내 경우만 해도, 지금 너는 처녀로 있지만

나는 네 나이 또래에 네 엄마가 되었잖니.

그러니 간단히 말하마,

저 늠름한 패리스 백작이 너를 신부로 맞길 원하신다는구나.

유모   대장부시죠, 아가씨! 아가씨, 그런 분이라면

온 세상이 탐을 내죠. 정말 밀랍 틀에 찍어 낸 듯 완벽하세요.

캐풀렛 부인   베로나의 여름날에도 그분처럼 멋진 꽃은 볼 수 없단다.

유모   그럼요. 꽃이죠. 정말 한 송이 꽃이라니까요.

캐풀렛 부인   넌 어떠냐? 그분을 사랑할 수 있겠니?

오늘 밤 연회에서 그분을 보게 될 거야.

젊은 패리스 백작의 얼굴을 책 읽듯 잘 살펴보고,

그곳에 아름다움의 붓으로 써 놓은 기쁨을 찾아봐라.

조화로운 이목구비를 조목조목 살펴서

그것들이 서로 얼마나 잘 어울리는지 봐.

이 아름다운 책에서 눈에 띄지 않는 것들은

그분의 두 눈이라는 여백에 적혀 있는지 찾아보렴.

이 귀중한 사랑의 책은 제본 안 된 책과 같은 연인이라,

그저 표지만 덧씌우면 아름다운 책이 될 거야.

물고기가 바다에 사는 게 당연하듯, 아름다운 겉이

아름다운 속을 감싸며 어우러진다면 큰 자랑이 될 거야.

많은 사람들의 눈이 함께 찬미하는 책이란

황금의 책 고리로 황금의 이야기를 가두고 있는 거란다.*

그러니 패리스 백작을 남편으로 맞으면

네 것은 조금도 줄어들지 않으면서

그가 가진 모든 것을 같이 갖게 될 거야.

유모 줄다니요! 아니죠, 불어나죠. 서방님이 생기면 몸이 불어나
게 되죠.*

캐풀렛 부인 딱 잘라 말해 봐라. 패리스 백작의 사랑을 좋아할 수
있겠니?

줄리엣 눈으로 보아 좋아지는 거라면 좋아하도록 노력해 볼게요.

하지만 저는 어머니의 허락이 미치는 한도 이상으로

더 강하게 제 눈의 화살을 쏘지는 않을 거예요.

하인 등장.

하인 마님, 손님들이 당도하시고, 만찬 준비도 되고 있고, 마님을
부르시고, 젊은 아가씨를 오라 하시고, 주방에선 유모가 안 도와
주고 없다고 욕하고, 모든 게 뒤죽박죽입니다. 전 이제 손님들
의 시중을 들어야 하오니, 제발 어서 따라와 주세요.

캐풀렛 부인 곧 따라가겠네.   (하인 퇴장.)

줄리엣, 백작이 기다리고 계시다.

유모   아가씨, 행복한 낮 다음에 오는 행복한 밤을 맞으세요.

(모두 퇴장.)

4장

[베로나, 캐퓰렛 저택 앞]

로미오, 머큐쇼, 벤볼리오, 그리고 가면을 쓴 대여섯 명과 횃불잡이
들 등장.

로미오   그런데 입장할 때 이런 연설을 해야 할까?*

　아니면 그냥 아무 말 없이 들어갈까?

벤볼리오   그런 장황한 격식은 한물갔어.

　큐피드처럼 수건으로 눈을 가린 채

　타타르인이 가지고 다닌다는 색칠한 작은 활을 들고*

　허수아비처럼 숙녀들을 놀라게 하는 일 따윈 안 해.

　입장하기 위해 대본도 없이 대사 읽어 주는 사람이 시키는 대로*

　더듬거리며 서사(序詞)를 암송할 필요도 없어.

　그들 멋대로 우리를 생각하라 하고,

　우리는 한바탕 춤이나 추고 가자니까.

로미오   횃불을 내게 줘. 이렇게 춤출 기분이 아니야.

　마음이 무거우니 횃불이나 들어야겠어.*

머큐쇼　안 돼, 로미오. 꼭 춤을 추어야 해.

로미오　정말 안 추겠다니까. 자넨 밑바닥이 가벼운 무도화를 신고 있지만,

　　　내 마음 밑바닥은 납덩이처럼 무거워서

　　　땅바닥에 철썩 달라붙어 꼼짝도 할 수 없다네.

머큐쇼　자넨 사랑에 빠진 사람 아닌가.

　　　큐피드의 날개라도 빌려 달고 보통 사람들보다 높이 날아 봐.

로미오　큐피드의 화살이 너무 아프게 박힌 터라

　　　그의 가벼운 날개로는 높이 날 수가 없어.

　　　게다가 너무 꽉 묶여 있어서

　　　둔중한 슬픔을 떨치고 날아오를 수가 없다니까.

　　　난 사랑의 무거운 짐에 짓눌려 가라앉는다네.

머큐쇼　그렇게 가라앉다가는 자네가 사랑에 짐만 되겠군.

　　　가냘픈 사랑이 감당하기엔 너무 큰 무게야.

로미오　사랑이 가냘프다고? 사랑은 너무 거칠고,

　　　억세고, 사납고, 가시처럼 찌른다네.

머큐쇼　사랑이 거칠게 굴거든 자네도 거칠게 대해 버려.

　　　사랑이 찌르거든 자네도 찌르고,

　　　자네가 사랑을 때려눕히는 거야.

　　　내 얼굴을 가릴 가면을 줘 봐.

　　　(가면을 쓴다.)

　　　못생긴 얼굴에 못생긴 가면이라.

　　　누가 호기심 어린 눈으로 못생긴 얼굴을 쳐다본들 무슨 상관

이라?

이마가 불룩 튀어나온 이 가면이 대신 얼굴을 붉혀 줄 테니.

벤볼리오 자, 문을 두드리고 들어가세.

들어가자마자 함께 춤을 추는 거야.

로미오 난 횃불이나 들지. 마음 들뜬 난봉꾼들이나

감각 없는 돗자리를 발뒤꿈치로 간질여 보라고 해.

옛날부터 전해 내려오는 속담에 있듯이*

난 촛대나 들고 서서 구경이나 하겠네.

지금 놀이가 한창 무르익었으니 난 물러가네.

머큐쇼 쯧, 꼼짝 말고 조용히 있어. 순경 나리의 말씀이다.*

자네가 진흙탕에 빠진 갈색 말이라면 거기서 건져 주지.*

미안한 말이지만, 자네가 귀밑까지 빠져 있는

그 사랑의 진창에서 말이야.

어서 가세, 대낮에 불을 밝히듯 시간만 낭비하고 있잖아.

로미오 아니, 그렇지 않아.

머큐쇼 내 말은, 여보게, 우물쭈물하다가는

대낮의 횃불처럼 쓸데없이 횃불만 낭비한다는 거지.

내 말의 진의를 생각하게.

분별력은 오감이 해석하는 것보다 다섯 배는 믿을 만하니까.

로미오 가면무도회에 가는 뜻이야 좋네만

현명한 일은 아닌 것 같아.

머큐쇼 아니, 왜 그런지 물어도 되겠나?

로미오 간밤에 꿈을 꾸었어.*

머큐쇼 꿈이야 나도 꾸었지.

로미오 그래, 무슨 꿈이었지?

머큐쇼 꿈꾸는 사람은 흔히 거짓말한다는 꿈.*

로미오 침대에 누워 자면서 꾸는 꿈은 때로 믿을 수 있어.

머큐쇼 아, 이제 보니 자넨 꿈의 요정 매브 여왕*과 함께 누워 있었군.

벤볼리오 매브 여왕이라고? 그게 누군데?

머큐쇼 매브는 요정들의 산파*야.
시 의원 나리가 집게손가락에 끼고 있는 보석에 새겨진
상(像)보다도 크지 않은 모습을 하고서
한 무리의 난쟁이들에게 마차를 끌게 하고는
잠자는 사람들 코 위를 지나다니지.
매브의 마차는 속이 빈 개암 껍질인데
아득한 옛날부터 요정들의 수레를 만든 목수였던
다람쥐나 애벌레가 만들었다네.
매브의 마차 바퀴 살대는 거미의 긴 다리로,
뚜껑은 메뚜기의 날개로,
끄는 밧줄은 아주 가는 거미줄로,
목둘레 끈은 이슬 머금은 달빛으로,
채찍은 귀뚜라미 뼈로,
채찍 줄은 얇은 막으로 만들었지.
마부는 회색 외투를 입은 조그만 모기야.
크기는 게으른 하녀 아이의 손가락을 비집고 나온

작고 둥근 벌레의 반도 되지 않아.

매브는 밤마다 이처럼 당당하게 행차하는데

연인들의 머릿속을 지나가면 그들은 사랑의 꿈을 꾸게 되지.

조신(朝臣)들의 무릎 위를 지나가면 당장 경배받는 꿈을 꾸고,

변호사의 손가락 위를 지나가면 당장 사례비 받는 꿈을 꾸고,

여인의 입술 위를 지나가면 당장에 키스하는 꿈을 꾸게 되지.

하지만 매브는 그 여인들 입에서 사탕 맛이 난다며

곧잘 성을 내고 입술에 물집을 만들어 놓는다네.

매브는 때로 조신의 코 위를 지나가는데,

그럼 그는 청탁을 바라는 자를 알아보는 꿈을 꾸게 되지.

때로 매브는 십일조로 바친 돼지 꼬리로

잠자는 교구 사제의 코를 간질이기도 하는데

그럼 그 사제는 또 다른 성직록(聖職祿)을 받는 꿈을 꾸게 되지.

때로 매브는 병사의 목 위를 지나가는데,

그럼 그 병사는 적군의 목을 자르는 꿈이라든가

돌진, 복병, 스페인의 명검(名劍)에 관한 꿈,

다섯 길이나 되는 엄청난 양의 술을 퍼마시는 꿈을 꾼다네.

그러다 갑자기 북소리가 들려오면

깜짝 놀라 잠에서 깨어난 병사는

이렇게 놀란 김에 한두 마디 기도를 중얼거리곤 다시 잠에 빠
져들지.

밤중에 말갈기를 땋아 놓고,

더러운 계집의 머리카락을 뭉쳐 놓는 게 바로 매브의 짓이라네.

그런데 이 머리 뭉치가 일단 풀리면

큰 불운이 다가올 전조라나.*

처녀들이 반듯이 누워 잘 때

그들을 짓눌러 무게를 견디는 법을 가르친 다음

무거운 짐을 잘 떠안는 여인*으로 만들어 주는 것도

바로 이 할미라네.

로미오　그만해, 그만. 머큐쇼, 그만해!

자네는 허망한 얘기만 늘어놓고 있어.

머큐쇼　맞아, 난 꿈 얘기를 하고 있어.

꿈이란 공허한 머리에서 태어난 아이로

헛된 환상에서 생겨난 것일 뿐이지.

망상이란 공기처럼 실체가 희박한 데다

바람보다 더 변덕스러운 거야.

방금 얼어붙은 북쪽의 가슴에 구애하다가도

갑자기 발끈 화를 내며 휙 돌아서서

이슬방울을 떨어뜨리는 남쪽을 향하는 바람보다도 더.

벤볼리오　자네 바람 얘기 듣느라 우리가 할 일을 잊고 있었네.

만찬이 끝났으니 우리가 너무 늦은 건 아닌가 모르겠어.

로미오　오히려 너무 이르지 않을까 걱정이네.

왠지 두려운 마음이 생기는 것 같아.

아직 운명의 별들에 매달린 뭔가 일련의 사건들이

오늘 밤의 연회를 계기로 무서운 활동을 가차 없이 시작하여

내 가슴속에 갇혀 있는 싫증 난 삶의 형기(刑期)를

때 이른 죽음이란 고약한 형벌로 끝내 버릴지 몰라.

하지만 내 인생 항로의 키를 잡고 계신 분이

항해를 인도해 주시겠지. 들어가세, 유쾌한 친구들!

벤볼리오 북을 울려라.

(그들은 무대 위에서 빙 돌며 행진한 다음, 한쪽 옆으로 비켜

선다.)

5장

[베로나, 캐풀렛 저택의 홀]

하인들이 냅킨을 들고 등장.

하인 1 폿팬은 어디 간 거야, 설거지도 안 거들고? 그러고도 접시

를 치웠다고? 접시를 닦았다고?

하인 2 겨우 한두 사람 손으로 손님 접대를 잘하라고 하는데, 아

직 손도 씻지 않았으니, 이거 더럽게 됐는데.

하인 1 접는 의자들을 치워. 찬장은 한쪽으로 옮기고. 은쟁반들은

조심조심 다뤄. 이봐, 마지팬* 한 조각만 좀 남겨 줘. 그리고 날 생

각한다면 문지기더러 수전 그라인드스톤과 넬을 좀 들여보내라

고 전해 줘. (하인 2 퇴장.)

앤서니! 폿팬!

하인 두 명이 더 등장.

하인 3　그래, 여기 있네.

하인 1　큰 방에서 자네를 찾고, 부르고, 청하고, 찾으러 보내고, 난
리야.

하인 4　동시에 여기도 있고 저기도 있고 할 순 없지. 이보게들, 기
운 내자고. 잠시라도 유쾌하게 살아 보세. 결국 오래 살아남는 자
가 다 차지할 테니.*　　　　　　　　　　　　　　　(하인들 퇴장.)

캐풀렛, 캐풀렛 부인, 줄리엣, 티볼트와 그의 시동, 유모 등장. 그리고
남녀 손님들이 가면 쓴 사람들에게 다가간다.

캐풀렛　어서 오시오, 신사분들. 발가락에 티눈이 생기지 않은
아가씨들은 여러분과 기꺼이 춤을 출 것입니다.
자, 아가씨들, 아가씨들 가운데 누가
춤추는 것을 마다하겠소? 얌전 빼는 아가씨는
발에 티눈이 생긴 게 틀림없소. 제 말이 그럴듯합니까?
어서 오시오, 신사분들. 나도 한창때는
얼굴에 가면을 쓰고 아름다운 처녀의 귀에다가
달콤한 얘기를 속삭인 적이 있답니다.
이젠 다 흘러가고 흘러간 옛날 옛적 일이지요.
환영합니다, 신사분들. 자, 악사들, 연주를 시작하게.
(음악이 연주되고 손님들이 춤을 춘다.)

자리를 내시오! 아가씨들, 춤을 추시오!

불을 더 밝혀라. 식탁은 좀 치우고.

난롯불을 꺼야지. 방 안이 너무 덥지 않느냐.

아하, 기대하지 않았던 흥겨운 놀이가 때마침 나타났군.

아니, 앉으세요, 앉으시라니까요, 캐풀렛 숙부님.*

숙부님과 저는 춤출 나이가 지났으니.

숙부님과 제가 가면을 쓰고

마지막으로 춤춘 지가 얼마나 되었지요?

캐풀렛 숙부　30년은 족히 될 걸세.

캐풀렛　그럴 리가요! 그렇게 오래되진 않았어요. 안 됐고말고요.

루첸쇼의 결혼식 이후였으니,

성령 강림절이 아무리 빨리 온다 해도

한 25년은 되겠죠. 바로 그때 가면무도회에 함께 갔잖아요.

캐풀렛 숙부　그보다는 더 오래됐어, 더 오래.

그 사람 아들 나이가 더 많을 걸세.

그 아들 나이가 서른이라네.

캐풀렛　무슨 말씀을 하시는 거예요?

2년 전만 해도 그 아들은 미성년자였는데요.

로미오　(하인에게) 저기 저 기사의 손을 빛나게 만드는

저 숙녀분이 누구시냐?

하인　잘 모르겠습니다.

로미오　아, 그녀는 횃불에게 더 밝게 타오르라고 가르치고 있어!

밤의 뺨에 매달린 그녀의 모습은

마치 에티오피아 흑인 여인의 귀에 걸린 값진 보석 같구나.*

써 버리기엔 너무도 값지고

이 세상에 있기엔 너무도 귀한 아름다움이다!

저 숙녀가 친구들 가운데 있는 모습은

마치 까마귀 떼 속 백설 같은 비둘기의 모습이야.

춤이 끝나면 그녀가 있는 곳을 눈여겨보았다가

그녀의 손을 잡아 거친 내 손에 축복을 내려야겠어.

지금까지 내 마음이 사랑을 했다고?

내 눈이여, 아니라고 부정하라!

오늘 밤 전까지 난 진정한 아름다움을 본 적이 없으니.

티볼트　목소리를 들어 보니, 이건 몬터규 집안 놈이 틀림없어.

이봐, 내 칼을 가져오너라.

이 악당 놈이 우스꽝스러운 가면으로 얼굴을 가리고

감히 이곳에 와서 우리 잔치를 조롱하며 비웃을 셈이라고?

우리 가문의 혈통과 명예를 걸고,

저런 놈은 때려죽여도 죄가 되지 않을 거다.

캐풀렛　왜 그러느냐, 조카! 왜 그리 화를 내냐니까?

티볼트　숙부님, 저놈은 우리 원수 몬터규 집안 놈입니다.

오늘 밤 우리의 잔치를 조롱할 목적으로

악의를 품고 온 악당이란 말입니다.

캐풀렛　로미오란 젊은이 말이냐?

티볼트　그렇습니다. 바로 그 악당 로미오예요.

캐풀렛　진정해라, 조카. 그냥 내버려 둬.

홀륭한 신사처럼 행동하고 있으니 말이야.

사실인즉, 덕스럽고 품행이 바른 청년으로

베로나의 자랑이라고들 하더구나.

이 도시의 전 재산을 다 준다 해도

여기 내 집에서 그에게 무례를 범할 생각은 없다.

그러니 꾹 참고, 못 본 체해라.

이게 내 뜻이다. 내 뜻을 존중한다면

보기 좋은 태도를 취하고 찡그린 이맛살 좀 펴.

연회에는 전혀 어울리지 않는 모습이잖니.

티볼트　저런 악당이 손님일 때에는 찡그리는 게 어울리죠.

저는 그놈을 내버려 둘 수 없습니다.

캐풀렛　내버려 두라니까.

뭐라고! 이 녀석아! 내버려 두라고 하잖아! 그만둬!

이 집에서 내가 주인이냐, 네가 주인이냐? 그만두라니까!

그를 내버려 둘 수 없다고? 이런 젠장.

손님들 앞에서 네가 소동을 벌이겠다고!

난장판을 벌이겠다고! 네 멋대로 하겠다고!

티볼트　아니, 숙부님, 이건 치욕입니다.

캐풀렛　그만둬라, 그만둬.

이런 무례한 놈 같으니. 그게 그리도 치욕이란 말이냐?

그런 수작을 부리다간 네놈이 다칠지 몰라. 내가 맘먹기에 달렸어.

기어이 내 뜻을 거역하겠다는 거냐! 정말이지, 지금 따끔한 맛을—.

(손님들에게) 말씀 잘하셨어요, 여러분.

(티볼트에게) 이 버릇없는 놈. 가서 잠자코 있어, 안 그러면—.

(하인들에게) 불을 더 밝혀라, 불을 더.

(티볼트에게) 창피해서 원. 잠자코 있게 만들어 줄 테다!

(손님들에게) 자, 여러분, 즐겁게 노세요!

티볼트 억지 인내심과 고집 센 분노가 만나니
상극의 기운들이 부딪쳐 사지가 부들부들 떨리는군.
내 이번에는 물러가지.
지금 당장은 달콤하게 보이는 이번 침입을
반드시 쓰디쓴 쓸개즙으로 바꾸어 주마.* (퇴장.)

로미오 (줄리엣에게) 미천한 제 손으로 이 거룩한 성전*을
더럽힌 거라면, 그 점잖은 죄가 바로 이것이니,
수줍은 순례자인 제 두 입술이 기다리다가
부드러운 키스로 거친 손자국을 씻어 내겠소.

줄리엣 선량하신 순례자님, 손을 너무 야단치지 마세요.
바른 신앙심을 당신 손이 보여 줬으니까요.
성자들은 순례자의 손이 닿을 손을 지녔으니,
손바닥을 맞대는 것은 곧 순례자의 키스랍니다.

로미오 성자들에겐 입술이 있고, 순례자도 마찬가지죠?

줄리엣 순례자님, 입술은 기도에 사용해야죠.

로미오 아! 성자님, 손이 하는 일을 입술더러 대신하게 하소서.
기도하니 허락해 주소서, 신앙심이 절망으로 변하지 않도록.

줄리엣 기도는 들어주되 성자는 움직이지 않지요.*

로미오 그럼 움직이지 마세요, 제 기도가 효험 있도록.

(줄리엣에게 키스한다.)*

로미오 이렇게 그대 입술로 내 입술에서 죄가 씻어지오.

줄리엣 그럼 제 입술이 이제 그대 입술의 죄를 받네요.

로미오 내 입술의 죄라뇨? 감미로운 책망이여!

내 죄를 다시 내게 돌려주시오.

(다시 줄리엣에게 키스한다.)*

줄리엣 예절 교본대로 키스를 하시는군요.*

유모 아가씨, 어머님께서 하실 말씀이 있답니다.

로미오 아가씨의 어머님이 누구시오?

유모 이봐요, 젊은 양반,

아가씨의 어머님은 바로 이 댁 마님이시죠.

선량하고, 현명하고, 덕망 있는 분이세요.

함께 얘기를 나누던 그분 따님을 제가 길렀지요.

내 장담하는데, 아가씨를 손에 넣는 분은

정말 보따리 횡재를 하게 되는 거죠.

로미오 그럼 그 숙녀분이 캐풀렛 댁 따님이란 말이오?

오, 값비싼 거래로구나! 내 목숨을 원수에게 저당 잡히다니.

벤볼리오 자, 떠나자고. 여흥이 절정에 달했으니.

로미오 그래, 그런 것 같아. 그럴수록 내가 불안해지네.

캐풀렛 아니, 신사분들, 떠날 채비는 하지 마시오.

조촐한 다과를 준비했으니.

(그들이 그에게 귓속말로 속삭인다.)

정말 꼭 그래야 되겠습니까? 그렇다면 여러분, 고맙습니다.

훌륭한 신사분들, 고맙습니다. 안녕히 가십시오.

여기 횃불을 더 밝혀라! 자, 그럼 자러 갑시다.

(캐풀렛 숙부에게) 아니, 정말 밤이 깊었군요.

나도 좀 쉬러 가야겠습니다.

(줄리엣과 유모만 남고 모두 퇴장.)

줄리엣　이리 좀 와 봐요, 유모. 저기 저 신사분이 누구지?

유모　티베리오 영감님의 아들이자 상속자죠.

줄리엣　지금 막 문으로 나가시는 분은?

유모　글쎄요, 페트루키오 도련님 같은데요.

줄리엣　그 뒤를 따라가는 분 말이야, 춤도 안 추려고 하시던데?

유모　모르겠는데요.

줄리엣　가서 그분 이름을 물어봐요. 그분이 결혼한 사람이라면

　　　　내 무덤이 내 신방이 될지도 몰라.*

유모　그분 이름은 로미오, 몬터규 집안 사람인데,

　　　　불구대천 원수 집안의 외아들이랍니다.

줄리엣　단 하나뿐인 내 사랑이 단 하나뿐인 내 증오에서 싹트다니!

　　　　알지도 못한 채 너무 일찍 봐 버렸고, 알고 보니 너무 늦었구나!

　　　　미워해야 할 원수를 사랑하게 되다니,

　　　　내겐 불길한 사랑의 탄생이로구나.

유모　무슨 말이에요? 그게?

줄리엣　방금 내가 함께 춤춘 사람에게서 배운 노래예요.*

(안에서 누군가 "줄리엣!" 하고 부른다.)

유모   곧 가요, 곧 가!

자, 들어가요. 손님들이 모두 가셨어요.   (모두 퇴장.)

2막

코러스* 등장.

이제 옛 욕망은 임종 자리 누워 있고
싱그러운 새 애정이 자리를 물려받으려 하네.
그 사랑 얻자고 신음하며 죽기까지 하겠다던 미인*
아리따운 줄리엣에 견주니 전혀 아름답지 않네.
이제 로미오는 사랑받고 또 답례로 사랑 주네.
두 연인 똑같이 서로의 매력 마법에 빠져들건만
로미오는 원수에게 사랑의 고통 호소해야 하고,
줄리엣은 낚싯바늘에서 사랑 미끼 훔쳐야 하네.
로미오는 원수지간이라 가까이 다가가서
연인들이 흔히 주고받는 언약 속삭일 수 없고,
줄리엣은 그를 사랑하는 마음 지극 간절해도
새 연인을 어디서고 만날 길이 아득하구나.

하지만 정열이 기운 주고 시간이 기회 주어 만나니

그 지극한 기쁨이야말로 더없는 고통 덜어 주네.

(퇴장.)

1장

[베로나, 캐풀렛 저택 정원으로 이어지는 길]

로미오 혼자 등장.

로미오　내 마음이 여기 있는데 내 어찌 지나칠 수 있으리?
　　　우울한 흙덩이여, 발길 돌려 그대의 중심을 찾아가라.*
　　　　　　　　　　　　　　　　　(로미오는 뒤로 물러난다.)

벤볼리오, 머큐쇼 등장.

벤볼리오　로미오! 사촌 로미오! 로미오!
머큐쇼　그는 영리해.

틀림없이 몰래 집으로 자러 갔을 거야.

벤볼리오 이 길로 뛰어와서 이 정원의 담을 뛰어넘었다니까.

머큐쇼, 자네가 좀 불러 봐.

머큐쇼 아니, 주문을 외워 귀신까지도 불러 봐야지!

로미오! 변덕쟁이! 미치광이! 열정꾼! 사랑꾼!

한숨짓는 모습을 하고 나타나 봐.

사랑 노래 한 구절만 불러 줘도 난 만족할 거야.

"아, 어떡해!"라고 외치든, '사랑'이든 '비둘기'든 말해 봐.*

수다쟁이 베누스에게 멋진 말 한마디만 해 줘 봐.

베누스의 눈먼 아들이자 상속자인

젊은 아브라함 큐피드의 별명 하나라도 대 봐.*

코페투아 왕에게 화살을 정확히 쏘아 맞혀

거지 처녀를 사랑하게 만들었다는 그 큐피드 말이야.*

이 친구, 들은 척도 않고, 꼼짝도 않고, 달싹도 안 하네.

이 원숭이 녀석이 죽었나,* 주문을 외워 불러내야겠어.

로절라인의 빛나는 두 눈을 걸고,

높다란 이마와 붉은 입술을 걸고,

멋진 발과 미끈한 다리와 떨리는 허벅지를 걸고,

그리고 거기 가까이 있는 거시기에 걸고 너에게 주문을 외우니,

생전의 네 모습으로 우리 앞에 나타나라!*

벤볼리오 자네 말을 들으면 그 친구가 화내겠는걸.

머큐쇼 이 정도로 화를 낼 리 없어.

하지만 제 애인의 동그라미 안에

천성이 생소한 어떤 영혼을 불러일으켜 세워 놓고

그녀가 주문을 외워 그것을 힘없이 쓰러지게 만들 때까지

그곳에 서 있게 놔두면 화를 낼지도 모르지.

그건 제법 화가 날 만한 일이니까.

내 주문은 사심 없고 정직해.

그의 애인 이름을 빌려

난 단지 그를 살려 세워 놓으려는 것뿐이니까.*

벤볼리오　가세. 로미오는 습기 찬 밤을 벗 삼아 밤을 지새우려고

이 나무들 틈에 숨어 버렸으니.

사랑에 눈이 멀었으니 밤의 어둠이 제일 잘 어울리지.

머큐쇼　사랑이 눈멀었다면, 과녁을 제대로 맞힐 수 없는 일.

지금쯤 그 친구는 모과나무 아래 앉아서

자기 애인도 처녀들이 그 이름을 불러 보고 혼자 웃는다는,

서양모과 같으면 좋겠다고 바라고 있을걸.

아, 로미오! 그녀는 쩍 벌어진 서양모과가 되고

자넨 길쭉한 서양배라면 오죽 좋겠는가!*

로미오, 잘 있게. 난 내 초라한 침대로 가야겠네.

이 바깥의 침대는 너무 추워 잠들 수가 없겠어.

자, 가 볼까?

벤볼리오　그럼 가지.

숨으려고 애쓰는 사람을 찾는 일은 헛수고라네.

　　　　　　　　　　　　　　　(벤볼리오와 머큐쇼 퇴장.)

2장

[같은 장소]

로미오가 앞으로 나온다.

로미오 상처를 입어 본 적이 없는 사람이 남의 상처를 비웃는 법.
(줄리엣이 2층 창문에 등장한다.*)
쉿! 저기 창문으로 터져 나오는 빛은 뭐지?
그쪽이 동쪽이니, 그럼 줄리엣은 태양이구나!
찬란한 태양아 솟아라, 그리하여 시샘하는 달을 죽여 다오.
달의 시녀인 그대*가 달보다 훨씬 더 아름답기에
달은 이미 슬픔으로 병들고 창백해졌구나.
달이 시샘하고 있으니 달의 시녀 노릇은 그만두시오.
순결의 표시인 달의 시녀복은 파리한 푸른색이라
바보가 아니라면 아무도 그 옷을 입지 않으리.*
그러니 그걸 벗어 버리시오.
내 여인이여, 오! 내 사랑이여!
오! 그녀가 내 사랑이라는 걸 알아주었으면!
그녀가 입을 여네. 그런데 아무 말도 하지 않는군.
그럼 어때? 그녀의 눈이 말을 하고 있으니 거기에 답해 봐야지.
내가 너무 무례한 게 아닐까? 내게 말을 거는 것도 아닌데.
온 하늘에서 가장 아름다운 두 개의 별이

볼일이 있어 그 일을 마치고 돌아올 때까지

자신의 별자리에서 대신 반짝여 달라고

그녀의 두 눈에게 간청하고 있구나.

만일 그녀의 두 눈이 별자리에 가 있고,

두 개의 별이 그녀의 얼굴에 와 있다면 어찌 될까?

대낮의 햇빛이 등불을 무색하게 하듯

그녀의 찬란한 뺨이 두 별을 부끄럽게 만들 거야.

하늘로 간 그녀의 두 눈은 창공을 너무도 환하게 비추어

새들도 밤이 아닌 줄 알고 노래할 거고.

그녀가 손으로 뺨을 괴고 있는 모습 좀 봐!

오, 내가 그녀의 손에 끼워진 장갑이라면 얼마나 좋을까.

그러면 저 뺨을 만져 볼 수 있을 텐데!

줄리엣 아, 어떡해!

로미오 그녀가 말을 하네!

오! 다시 말해 보오, 빛나는 천사여!

그대는 오늘 밤, 내 머리 위에서,

날개 달린 하늘의 전령처럼 찬란히 빛나고 있소.

천사가 서서히 뭉게뭉게 피어오르는 구름을 성큼 밟고

하늘의 품 안을 미끄러져 지날 때

이를 보려고 뒷걸음치는 인간들이

흰자가 보일 정도로 눈을 치떠 경이롭게 우러르는 것과 같은

그런 천사 말이오.

줄리엣 오, 로미오, 로미오, 당신은 왜 로미오인가요?

당신의 아버지를 부정하고, 당신의 이름을 버리세요.

만일 그게 싫으시다면, 제 사랑이 되겠다고 서약만 해 주세요.

그럼 제가 앞으로 캐퓰렛이라는 이름을 지니지 않을게요.

로미오 (방백) 더 들어 볼까, 아니면 이쯤에서 말을 걸어 볼까?

줄리엣 당신의 이름만이 내 원수랍니다.

몬터규란 이름이 아니어도 당신은 당신이죠.

무엇이 몬터규란 말이죠? 손도 아니고, 발도 아니고,

팔도 얼굴도, 남자의 신체 다른 어떤 부위도 아니잖아요.

아, 제발 다른 이름이 되어 주세요.

이름에 뭐가 들어 있단 거죠?

우리가 장미라고 부르는 그 꽃은 다른 어떤 이름으로 불러도

똑같이 향기로울 거예요.

그러니 로미오는 로미오라 부르지 않는다 해도

그 이름과 상관없이 그분이 지닌

저 고귀한 완전무결함을 그대로 간직할 거라고요.

로미오, 당신의 이름을 벗어던지고,

당신의 어떤 부분과도 상관없는 당신 이름 대신

저를 송두리째 가져가세요.

로미오 그대의 말대로 그대를 가져가겠소.

나를 연인이라고만 불러 주오. 그럼 새로 세례를 받을 것이니,

이제부터 나는 영원히 로미오가 아닐 겁니다.

줄리엣 이렇게 어두운 밤에 몸을 숨기고

제 비밀을 엿듣고 있는 당신은 누구시죠?

로미오 이름을 대라시면 내가 누구라고 말해야 할지 모르겠군요.

사랑하는 성녀여, 내 이름은 나 자신도 싫습니다.

그 이름이 그대의 원수니까요.

그 이름을 내가 적었다면 갈기갈기 찢어 버리고 싶소.

줄리엣 당신 입에서 나온 말을 제 귀로 들은 것이

백 마디도 되지 않지만 그래도 저는 그 음성을 알아보겠어요.

당신은 로미오, 몬터규 가문이 아니세요?

로미오 아름다운 아가씨, 한 쪽이라도 그대가 싫다면 난 두 쪽 다

아니오.

줄리엣 어떻게 여길 오셨어요? 무슨 일이죠? 말씀 좀 해 봐요.

정원의 담은 높아서 오르기 어렵고,

당신이 누구인지를 생각하면

제 친척 중 누군가가 당신이 여기 있는 걸 알게 되는 순간

이곳은 죽음의 장소가 될 텐데요.

로미오 사랑의 가벼운 날개를 타고 이 담을 넘어왔습니다.

돌담이 어찌 사랑을 가로막을 수 있겠습니까.

또한 사랑이 해낼 수 있는 일이라면 사랑은 감히 도전해 본답

니다.

그러니 그대의 친척들은 날 막을 수 없어요.

줄리엣 집안사람들에게 들키면 당신은 죽음을 면치 못할 거예요.

로미오 아! 그들의 칼 스무 자루보다

당신 눈 속에 더 많은 위험이 도사리고 있다오.

그대가 다정한 눈길로 날 보아 주기만 하시오.

그러면 난 그들의 적개심에도 전혀 해를 입지 않을 거요.

줄리엣　무슨 일이 있어도 당신이 발각되지 않으면 좋겠어요.

로미오　난 밤이라는 외투를 걸치고 있어 그들 눈에 띄지 않을 것이오.

그대에게 사랑받지 못한다면

차라리 여기서 그들에게 발각되는 게 낫습니다.

그대에게 사랑받지 못하고 죽음을 미루며 사느니

차라리 그들의 증오심으로 내 생명을 끝장내는 게 더 나아요.

줄리엣　당신은 누구의 안내로 이곳을 찾아오셨나요?

로미오　그야 사랑이죠. 처음에 날 재촉해 알아보라고 한 것도 사랑이에요.

사랑은 내게 충고를 빌려 주었고, 난 사랑에게 눈을 빌려 준 셈이죠.

난 배의 키잡이는 아니지만, 멀고 먼 바다의 파도에 씻기는

저 황량한 해안처럼 멀리멀리에 그대가 있다 해도

그대 같은 보물을 얻을 수 있다면 모험을 마다하지 않을 거요.

줄리엣　아시겠지만, 제 얼굴에 밤의 가면이 드리워 있기 망정이지

아니었으면 오늘 밤 제가 한 말을 당신이 다 들어 버렸기에

제 뺨은 처녀의 수줍음으로 빨갛게 물들었을 거예요.

할 수만 있다면 저는 체면도 차리고 싶고,

제가 했던 말을 정말, 기꺼이, 부정하고도 싶어요.

하지만 면치레여, 잘 가거라.

당신은 절 사랑하시나요? '그렇다'고 말하실 줄로 알아요.

저도 그 말을 믿겠어요. 하지만 당신이 맹세를 하시더라도

당신 말이 거짓으로 밝혀질지 모르죠.

연인들의 거짓말은 주피터 신도 웃어넘긴다잖아요.*

오, 고귀한 로미오!

저를 사랑하신다면 진정으로 그렇다고 말씀해 주세요.

그런데 만일 저를 너무 쉽게 손에 넣었다고 생각하신다면,

전 얼굴을 찌푸리고 심술을 부리며 아니라고 말하겠어요.

그래서 당신이 구애하실 수 있도록.

하지만 그러실 게 아니라면 절대 그럴 순 없죠.

멋진 몬터규 님, 진실로 전 바보처럼 사랑에 푹 빠졌답니다.

그러니 당신은 제 행동이 경박하다고 생각하실 수도 있겠죠.

하지만 믿어 주세요. 쌀쌀맞은 척 술수를 부리는 여자들보다

제가 더 진실한 여자라는 걸 증명해 드리겠어요.

속마음을 털어놓자면, 제가 더 쌀쌀맞게 굴었어야 했을지도 모

르겠네요.

하지만 제가 알아채기도 전에 제 진정한 사랑의 고백을

당신이 다 엿들어 버렸으니 절 용서하시고,

이렇게 마음을 털어놓는 걸 경솔한 사랑이라고 꾸짖지 말아 주

세요.

깜깜한 밤의 어둠 때문에 그만 이렇게 탄로 나고 말았으니까요.

로미오　　아가씨, 저기 저 축복받은 달을 두고 맹세하겠소.

이 과일나무들 꼭대기를 은빛으로 물들이는 저 달을 두고.

줄리엣　　아! 변덕스러운 달님을 두곤 맹세하지 마세요.

천체의 궤도를 따라 돌면서 달마다 변하는 달님처럼

당신의 사랑도 똑같이 변할까 두렵네요.

로미오　그럼 무엇을 두고 맹세할까요?

줄리엣　절대로 맹세는 하지 마세요.

꼭 하시려거든 고귀한 당신 자신을 두고 맹세하세요.

당신은 제가 우상처럼 섬기는 신이시니,

당신을 믿겠어요.

로미오　내 마음속의 귀한 사랑이 ―.

줄리엣　아니, 맹세는 하지 말아 주세요.

당신을 만나 기쁘긴 하지만

오늘 밤 이런 사랑의 서약은 기쁘지 않아요.

이건 너무 성급하고, 너무 무모하고, 너무 갑작스러워서,

'번개가 치네!'라고 말할 새도 없이 사라지는 번개 같아요.

사랑하는 이여, 안녕히 가세요!

이 사랑의 꽃봉오리는 만물을 무르익게 하는 여름의 숨결을 받아

우리가 다시 만날 때 아름다운 꽃으로 피어날 거예요.

안녕히, 안녕히 가세요!

제 마음과 마찬가지로 당신 마음에도 달콤한 안식과 휴식이 깃들기를!

로미오　아! 이렇게도 아쉬움을 남긴 채 작별해야 합니까?

줄리엣　그럼 오늘 밤 어떻게 하면 아쉽지 않겠어요?

로미오　당신의 진정한 사랑의 맹세를 내 사랑의 맹세와 교환하면요.

줄리엣 전 당신이 청하기도 전에 이미 사랑의 맹세를 드렸습니다.

하지만 다시 드릴 수 있으면 좋겠군요.

로미오 맹세를 거둬 가시는 겁니까? 사랑하는 이여, 무엇 때문에요?

줄리엣 당신에게 아낌없이 다시 드리기 위해서랍니다.

그런데 제가 가진 것을 제가 얻고자 바라는 셈이네요.

제 마음은 바다처럼 한이 없고

제 사랑은 바다처럼 깊고 깊답니다.

당신에게 많이 드리면 드릴수록

전 더 많이 갖게 되지요. 제 마음과 사랑은 무한하니까요.

(유모가 안에서 부른다.)

안에서 무슨 소리가 들려요.

사랑하는 임이시여, 안녕히!

곧 갈게요, 유모! 사랑하는 몬터규 님, 변치 마세요.

잠시만 계세요. 다시 돌아올게요.　　　　　(줄리엣 퇴장.)

로미오 오! 복되고 복된 밤이로구나! 지금이 밤이라서

이 모든 게 한낱 꿈이 아닐까 두렵다.

너무나 믿기지 않을 만큼 달콤해서 현실이 아닌 것 같아.

줄리엣, 2층 창문에 등장.

줄리엣 세 마디만 더 말할게요, 사랑하는 로미오!

그다음엔 정말 안녕히 가세요.

당신의 사랑이 원하는 바가 고결하고,

당신이 뜻하는 바가 결혼이라면, 내일 제게 알려 주세요.

당신에게 사람을 보낼 테니 그편에

언제 어디서 결혼식을 올리실 건지 알려 주세요.

그럼 저는 제 운명을 송두리째 당신 발아래 바치고,

이 세상 어디라도 제 주인이신 당신을 따라가겠어요.

유모　(안에서) 아가씨!

줄리엣　곧 가요. 그러나 당신 뜻이 진심이 아니라면,

제발 부탁이니 —.

유모　(안에서) 아가씨!

줄리엣　곧 간다니까 —.

애쓰실 필요 없이 그냥 제가 슬픔에 잠기도록 놔두세요.

내일 사람을 보내겠어요.

로미오　내 영혼을 걸고 —.

줄리엣　천 번이라도 안녕히 가세요.　　　　　　(위에서 퇴장.)

로미오　그대의 빛이 사라지니 천 배나 더 안녕하지 못하구나.

사랑이 사랑을 향할 땐, 학교 다니는 소년이 책과 헤어질 때 모습이고,

사랑이 사랑과 헤어질 땐, 소년이 무거운 표정으로 학교로 향할 때 모습이구나.　　　　　　(천천히 물러난다.)

줄리엣, 다시 등장.

줄리엣　쉿! 로미오! 쉿! 아, 매사냥꾼의 소리로

이 멋진 수컷 매를 불러들일 수 있으면 얼마나 좋을까!*

갇힌 몸이라 감히 큰 소리를 낼 수가 없는데.

안 그러면 난 메아리의 여신이 사는 동굴을 찢어 놓고,

사랑하는 로미오의 이름을 자꾸자꾸 불러서

허공을 울리는 여신의 목소리가 내 목소리보다 더 쉬게 만들

텐데.*

로미오　내 이름을 부르는 건 바로 내 영혼이야.

밤에 듣는 은구슬처럼 감미로운 연인의 목소리는

귀 기울이는 자에겐 참으로 부드러운 음악이로구나.

줄리엣　로미오!

로미오　내 사랑!

줄리엣　내일 몇 시에 사람을 보낼까요?

로미오　9시에 보내 주시오.

줄리엣　꼭 그럴게요. 그때까지 20년이나 남은 듯싶어요.

그런데 제가 왜 당신을 다시 불렀는지 잊어버렸네요.

로미오　당신이 기억해 낼 때까지 여기 서 있겠소.

줄리엣　계속 거기 서 계시도록 잊어버린 채로 있겠어요.

당신이 곁에 있어 얼마나 좋은지만 기억하고요.

로미오　그럼 나도 여기 말고 다른 곳은 다 잊고 머물러 있겠소.

그대가 언제까지나 잊어버린 채로 있게 하려고.

줄리엣　벌써 날이 새려나 봐요. 당신을 떠나게 해 드려야겠지만,

장난꾸러기의 손에 잡혀 있는 새보다 더 멀리는 안 되겠어요.

장난꾸러기는 마치 사슬에 매인 불쌍한 죄수처럼

그 새를 자기 손안에서 살짝 풀어 놓았다가도,

그 새의 자유가 사랑스럽기도 하고 질투 나기도 해서

새에 묶은 비단실을 도로 잡아당긴다고 하죠.

로미오 내가 그대의 새라면 좋겠소.

줄리엣 사랑하는 이여, 저도 그러면 좋겠어요.

하지만 너무 애지중지하다가 당신을 죽일까 두려워요.

안녕히, 안녕히 가세요! 이별이 이렇게도 달콤한 슬픔이니

날이 샐 때까지 안녕히 가세요란 인사를 계속하겠어요.

(위에서 퇴장.)

로미오 그대의 두 눈엔 잠이, 가슴엔 평화가 깃들기를!

내가 달콤하게 쉴 수 있는 잠이 되고 평화가 되었으면!

당장 내 영혼의 안내자가 계신 수도원*으로 가 도움을 청하고

내게 일어난 행운을 말씀드려야겠어.　　　　　　　(퇴장.)

3장

[베로나, 로런스 신부의 수도원]

로런스 신부, 바구니를 들고 혼자 등장.

로런스 회색 눈의 아침이 찌푸린 밤에게 미소 지으며

쏟아지는 빛살로 동녘 하늘의 구름에 무늬를 만들고 있구나.

얼룩얼룩한 어둠은 주정뱅이처럼 비틀거리며

태양신 타이탄*의 수레바퀴가 지나간 낮의 행로를 벗어나고
있어.

이제 태양이 이글거리는 눈을 들어 낮에 기운을 주고

축축한 밤이슬을 말려 버리기 전에

독초와 귀한 약즙이 들어 있는 꽃들로

이 버들 바구니를 가득 채워야겠다.

자연의 어머니인 대지는 자연의 무덤이기도 하고

자연의 무덤은 곧 자연의 모태이기도 하지.

그 모태로부터 태어난 온갖 자식들이

자연의 가슴에서 젖을 빨고 있는 것을 본다네.

여러 가지 뛰어난 약효를 지닌 것들도 많고

조금이라도 약효가 없는 게 없는데, 또 제각각 다르니.

아, 식물이며 약초며 돌이며 각각에 내재된 본성에 깃든

강력한 신비라는 것은 얼마나 위대한가!

이 세상에 존재하는 아무리 보잘것없는 것이라도

세상에 뭔가 특별한 이익을 주지 않는 게 하나도 없지.

또 아무리 좋은 것도 제대로 된 목적에서 벗어나 쓰이면

타고난 성질을 저버리고 해를 끼치지 않는 게 하나도 없다는
말씀.

미덕도 잘못 사용하면 악덕으로 변하고,

악덕도 활용하기에 따라 때로는 고귀한 것이 되는 법.

로미오 등장.

이 연약한 꽃의 어린 줄기 속에는

독도 들어 있고, 또한 약효도 들어 있지.

냄새를 맡으면 그 냄새로 신체의 각 부분이 기운 돌지만

맛을 보면 심장과 함께 모든 감각이 멈추게 돼.

약초뿐 아니라 인간 속에도 이렇듯 서로 대결하는 두 제왕,

즉 미덕과 육욕이 늘 진을 치며 맞서고 있어.

그래서 악한 쪽이 더 성한 곳에서는

곧 죽음이라는 벌레가 그 식물을 갉아 먹어 버린다네.

로미오   안녕하세요, 신부님.

로런스   하느님의 축복이 있기를!

이른 아침에 이렇듯 반기면서 내게 인사하는 사람이 뉘신고?

젊은이, 이렇게 일찍 잠자리에서 일어나 인사하는 걸 보니

무슨 근심이 있다는 뜻일 텐데.

늙은이의 눈에는 죄다 근심 걱정이 보초를 서고 있지.

근심 걱정이 머무는 곳엔 절대 잠이 깃들 수 없어.

그러나 머리에 근심 걱정이 없어 마음에 상처가 없는 젊은이는

사지를 펴고 누우면, 황금 같은 잠이 지배하기 마련이야.

따라서 자네가 이렇듯 일찍 일어난 걸 보니

무슨 근심 때문에 잠을 자지 못한 게 분명해.

혹시 그게 아니라면, 내가 정확히 맞혀 볼까.

우리 로미오가 간밤에 아예 잠자리에 들지도 않았거나.

로미오　잠자리에 들지 않은 것은 사실이지만

　　　　그보다 더 달콤한 휴식을 취했답니다.

로런스　하느님 맙소사! 로절라인과 함께 있었던 거냐?

로미오　로절라인이오? 신부님, 아닙니다.

　　　　전 그 이름도, 그 이름이 주던 고통도 다 잊었어요.

로런스　그래, 잘했다. 그럼 도대체 어디 있었다는 거냐?

로미오　신부님이 다시 물으시기 전에 제가 말씀드릴게요.

　　　　전 제 원수의 집에서 열린 연회에 참석했는데요,

　　　　거기서 별안간 어떤 사람이 제게 상처를 주었고

　　　　그 사람도 제게 상처를 입었어요.[*]

　　　　우리 두 사람의 치유는 오로지 신부님의 도움과

　　　　신성한 치료법에 달려 있습니다.

　　　　거룩하신 신부님, 전 어떤 원한도 없습니다. 자, 보세요!

　　　　제 간절한 기도는 제 원수에게도 마찬가지로 도움이 됩니다.

로런스　여보게, 솔직히 말해 봐, 똑바로 말해 보라니까.

　　　　수수께끼 같은 고백을 하면 수수께끼 같은 용서밖에 받을 수

　　없어.

로미오　그렇다면 분명히 알아 두세요. 제 마음속의 순정을

　　　　부유한 캐퓰렛 집안의 아름다운 따님에게 바쳤습니다.

　　　　제 순정을 그녀에게 바쳤듯이 그녀도 제게 자신의 순정을 바

　　쳤지요.

　　　　모든 것이 다 맺어졌습니다.

　　　　신부님께서 성스러운 결혼식으로 저희를 맺어 주시는 것만 빼

고요.

저희가 언제, 어디서, 어떻게 만나 구애를 하고

서로 사랑을 맹세했는지, 신부님께 차차 말씀드리겠습니다.

단, 이것만은 부탁드려요.

오늘 저희들을 결혼시켜 주시겠다는 데 동의해 주십시오.

로런스　프란체스코 성자님 맙소사! 이 무슨 변덕이란 말이냐!

자네가 그토록 열렬히 사랑했던 로절라인을

그렇게 빨리 저버렸다고? 젊은이들의 사랑이란

진정 마음속에 있지 않고 눈 속에 있는 모양이다.

어찌 이럴 수가! 자네가 로절라인 때문에

얼마나 많은 눈물로 창백한 뺨을 씻었더란 말이냐!

사랑에 그 맛이 안 난다고 간을 맞추기 위해

얼마나 많은 짜디짠 눈물을 헛되이 흘렸더란 말이냐!

아직도 태양은 자네의 한숨을 하늘에서 거두지 않았고,

자네의 신음 소리가 늙은 내 귀에 쟁쟁하게 남아 있다네.

자, 보게, 자네 뺨에는 이전에 흘렸던 눈물 자국이

아직 씻기지도 않은 채 남아 있다고.

자네가 이전의 자네 자신이고, 그 번민들이 자네 것이라면

자네와 그 번민들 모두 로절라인을 위한 것이었어.

아니, 사람이 바뀌었단 말인가? 그럼 이 격언을 읽어 보게.

사내자식이 지조가 없는데 여인네가 타락하는 것을 어찌 탓

하리.

로미오　신부님께선 제가 로절라인을 사랑한다고 자주 꾸짖으셨잖

아요.

로런스 그야 사랑해서가 아니라 사랑에 넋을 잃으니 그랬던 거지, 학생 양반!

로미오 또 사랑을 묻으라고 하셨잖아요.

로런스 무덤에 묻으라는 게 아니었어.

하나를 묻어 버리고, 그다음 하나를 파내서 가지라는 건 아니었지.

로미오 제발 절 꾸짖지 말아 주세요.

제가 지금 사랑하는 그녀는

정에는 정으로, 사랑에는 사랑으로 보답해 주는 여인이랍니다.

이전의 여인은 그렇지 않았어요.

로런스 아, 그 여인은 잘 알고 있었지.

자네의 사랑은 철자를 쓸 줄도 모르면서 외워서 읽는 식이었다는 것을.

어쨌든 이리 오게, 이 줏대 없는 젊은이. 나와 함께 가자고.

한 가지 생각해 둔 일이 있으니 자네를 도와주겠네.

어쩌면 이 연분이 아주 좋은 결과를 가져와

두 집안의 원한을 진정한 사랑으로 바꿀지도 모르는 일이니까.

로미오 아, 어서 가시지요. 급히 서둘러야 합니다.

로런스 현명하게, 그리고 천천히!

급히 달리다가는 넘어지는 법이야. (둘 다 퇴장.)

4장

[베로나, 거리]

벤볼리오와 머큐쇼 등장.

머큐쇼　도대체 로미오는 어디 있는 거야?

　　어젯밤 집에 들어오지 않았지?

벤볼리오　하인에게 물어봤는데 집에는 들어오지 않았대.

머큐쇼　아니, 얼굴이 창백하고 무정한 계집, 바로 그 로절라인 때문에 고통을 받아서 로미오는 분명 미쳐 버릴 거야.

벤볼리오　캐풀렛 영감의 친척 티볼트가

　　그 친구 부친 댁으로 편지를 보내왔다네.

머큐쇼　도전장이 틀림없어.

벤볼리오　로미오가 답을 하겠지.

머큐쇼　글 쓸 줄 아는 사람이면 누구나 답장은 쓸 수 있지.

벤볼리오　아니, 그 편지의 주인에게 회답을 한다는 말이야.

　　도전을 받았으니 감히 그 도전에 응한다고.

머큐쇼　저런, 가여운 로미오. 그는 벌써 죽은 목숨이야. 얼굴이 하얀 계집의 까만 눈에 찔리고, 사랑 노래에 귀가 꿰뚫리고, 눈먼 소년 궁수의 연습용 화살에 바로 그 심장 한가운데가 찢겨서 말일세. 그런 자가 과연 티볼트를 상대할 수 있겠어?

벤볼리오　대체 티볼트가 어느 정도이기에 그렇지?

머큐쇼　고양이들의 왕,* 그 이상이지. 아, 그 녀석은 결투의 예법에 능통한 용사라고나 할까. 자네가 악보에 따라 노래를 부르듯, 그는 시간, 거리, 박자를 맞추어 싸운다네. 한순간 쉬는 듯싶다가 하나, 둘, 셋 하면 벌써 상대의 가슴을 찌르지. 그야말로 상대의 비단 단추를 도려낼 수 있는 백정 놈─결투의 달인이지, 암, 결투의 달인이야. 최고의 결투 학교 출신 신사에다 결투 실시 사유 제1조, 제2조를 따지는 자란 말이야. 아, 그 천하무적의 앞 찌르기! 뒤 찌르기! 급소 찌르기!*

벤볼리오　뭔 찌르기?

머큐쇼　그런 돼먹잖은 말을 지껄이는 젠체하는 몽상가 놈들이랑 신식 유행어에 오염된 놈들은 염병에 뒈져라. "참으로, 매우 훌륭한 검객이세요! 아주 대담한 대장부세요! 매우 근사한 남창(男娼)이세요!"라니, 원. 아니, 영감님, 이거야말로 개탄할 일이 아니겠소? 이런 외국 물 먹은 버러지 놈들, 이런 유행이나 좇는 놈들, 늘 신식만 찾아 서 있다 보니 구닥다리 의자엔 뼈가 배겨 편히 앉을 수가 없다는 놈들, '실례합니다!'를 연발하는 이런 놈들 때문에 우리가 이렇게 괴로움을 당해야겠어? 아, 그놈들의 뼈다귀, 뼈다귀!*

로미오 등장.

벤볼리오　로미오가 이리 오는군, 로미오가 오네!

머큐쇼　어란(魚卵)이 없으니, 말라비틀어진 청어 꼴이군.* 아, 고깃

덩이, 고깃덩이여, 어찌하여 그대는 생선 꼴이 되고 말았는가! 페
트라르카가 흘러넘치도록 썼다는 연가(戀歌)를 이제 이 친구도
쓴다냐.* 자기 애인에 비하면 라우라는 부엌데기에 불과했겠지.
글쎄, 연가를 더 잘 짓는 시인을 애인으로 둔 쪽은 라우라야. 하
지만 제 애인에 비하면 디도는 추녀, 클레오파트라는 집시, 헬레
네와 헤로는 창녀에 지나지 않고, 회색 눈인지 뭔지를 지닌 티스
베도 별 볼 일 없는 계집이라는군.* 로미오 나리, 봉주르. 프랑스
식 바지*를 입었으니 프랑스식 인사가 제격이지. 자넨 간밤에 우
릴 감쪽같이 속였더군.

로미오 두 사람 모두 밤새 안녕한가? 내가 자네들을 속였다니 무
슨 말이야?

머큐쇼 살짝 빠져나갔잖아, 살짝. 무슨 말인지 모르겠나?

로미오 용서하게, 머큐쇼, 내 볼일이 워낙 중대해서 말이야. 내 볼
일 같은 그런 경우라면 예의를 생략할 수도 있겠지.

머큐쇼 자네 볼일 같은 그런 경우엔 궁둥이를 숙여 절을 해야 한
다고 말하는 거나 다름없잖아.

로미오 무릎을 굽혀 절한다는 뜻 말이야.

머큐쇼 자네 참 제대로 알아듣는군.

로미오 정말 예의범절에 맞는 해석이야.

머큐쇼 아니, 나야말로 예의범절의 정화(精華)거든.

로미오 꽃이란 정화 말인가?

머큐쇼 그렇지.

로미오 아니, 그럼 내 신발에도 근사한 꽃무늬가 있네.

머큐쇼 말재주 한번 좋은데. 그럼 어디 자네 신발이 다 닳아 없어 질 때까지 내가 하는 이 재담을 따라와 보게. 그 외겹 밑창이 닳 아도 재담만은 바닥나지 않고 보기 좋게 남아 있도록 말이야.

로미오 아, 외겹 밑창 재담이라고. 그 우매함을 겨룰 재간이 없겠 는걸.

머큐쇼 벤볼리오, 좀 도와주게. 내 말재간이 힘이 달려 기절할 지 경이네.

로미오 채찍과 박차를 가하게, 채찍과 박차를! 아니면 난 승부가 났다고 소리치겠네!

머큐쇼 아니, 우리 말재주로 허황한 말달리기 시합을 하자고 하는 거라면, 난 손 들었네. 다섯 개의 내 말재주보다 한 개의 자네 말 재주에 바보짓이 더 많이 들어 있는 게 분명하니 말일세. 바보짓 으로 치면 자네가 한 수 위일세.

로미오 바보짓 할 때가 아니면 자넨 내 상대가 아니지.

머큐쇼 그런 농담을 계속하면 자네 귀를 물어뜯어 줄 거야.

로미오 아니, 멍청한 친구, 물어뜯진 말게.

머큐쇼 자네 말재주는 아주 시고도 달콤한 사과 같아. 정말 톡 쏘 는 맛의 양념이라니까.

로미오 그럼, 달콤한 바보 요리에 양념으로 제격이지.

머큐쇼 아, 양가죽처럼 잘도 늘어나는 말재주 좀 봐! 1인치에서 45인치까지 넓게 마구 늘어나다니.

로미오 '넓다'라는 말이 나왔으니, 그걸 좀 더 늘려 볼까. 그 말을 바보에 보태면 자넨 천하에 둘도 없는 바보 멍청이가 되겠군.

머큐쇼   그렇지만 이게 사랑 때문에 신음하는 것보다는 낫지 않아? 자네가 사교적으로 되니, 이제야 로미오답네. 이제야 비로소 재주로 보나 천성으로 보나 본모습의 자네로군. 사랑 때문에 헛소리 해 대는 자는 제 몽둥이를 구멍 속에 감추려고 혓바닥을 널름거리며 뛰어다니는 천생 바보와 같으니까.

벤볼리오   그만들 해, 그만.

머큐쇼   자넨 내 뜻을 무시하고 이야기를 그만두길 바라는군.

벤볼리오   그냥 놔두면 자네 이야기는 끝도 없을 테니까.

머큐쇼   아, 자네가 잘못 생각했어. 난 얘길 짧게 하려고 했거든. 내 얘기가 완전히 바닥이 드러났으니, 실은 더 이상 늘어놓을 생각이 없었다니까.

로미오   참 멋진 물건*이 오시는군!

유모와 그녀의 하인 피터 등장.

머큐쇼   배다! 배다!

벤볼리오   두 척이다, 두 척. 바지와 치마*다.

유모   피터!

피터   갑니다요.

유모   내 부채 줘 봐, 피터.

머큐쇼   착한 피터, 얼굴을 가리시기 위함이라네. 그녀의 부채와 얼굴 중에서 부채가 더 고우니까.

유모   밤새 안녕하십니까, 신사분들.

머큐쇼 낮새 안녕하십니까, 아름다운 귀부인 마님.

유모 벌써 대낮인가요?

머큐쇼 그럼요. 저 음탕한 해시계의 손이 지금 정오의 바로 거시기 위에 놓여 있으니 말이오.

유모 제발 그만해요. 무슨 사람이 저래요?

로미오 부인, 이 사람은 스스로를 망치도록 하느님이 만드신 사람 이지요.

유모 정말 말씀 한번 잘하셨네요. '스스로를 망치도록'이라고 하셨 죠? 신사분들, 여러분 중에 어디 가면 젊은 로미오 님을 찾을 수 있을지 말해 줄 분이 있을까요?

로미오 내가 말해 주리다. 하지만 젊은 로미오는 막상 찾아내면 부인께서 찾고 있었을 때보다는 나이가 덜 젊을 것이오.
내가 그 이름을 가진 자들 중에 제일 젊은 사람이라오,
그보다 못한 사람이 없으니.

유모 말씀 한번 잘하시네요.

머큐쇼 제일 못한 것이 '잘'이라고? 정말 잘도 잘 받아들이는군.
똑똑하다, 똑똑해.

유모 댁이 그분이시라면, 조용히 드릴 말씀이 있습니다요.

벤볼리오 저 친구를 만찬에 초대할 모양인가 봐.

머큐쇼 토끼다!* 토끼다! 토끼다! 찾았다!

로미오 자네가 뭘 찾았다고?

머큐쇼 그냥 토끼는 아니야. 사순절 잔치 파이에 넣어 먹는,
먹기도 전에 상해서 곰팡이가 피는 그런 토끼라면 모를까.

(그들 옆을 지나가며 노래한다.)

늙어 빠진 토끼 갈보,

늙어 빠진 토끼 갈보,

사순절엔 참 맛난 고기지,

늙어 빠진 토끼 갈보,

돈 쓸 곳은 못 되지,

먹기도 전에 곰팡이 슬지.

로미오, 아버님 댁으로 갈 건가? 거기서 식사나 하세.

로미오 뒤따라갈게.

머큐쇼 그럼 안녕히, 노부인 마님. 안녕히, (노래한다) '마님, 마님, 마님'.* (머큐쇼와 벤볼리오 퇴장.)

유모 제발 말 좀 해 보세요. 온갖 상소리를 늘어놓던 그 건방진 장돌뱅이는 누구죠?

로미오 신사라오, 유모. 자기가 지껄이는 소리 듣기를 좋아하고, 한 달이 걸려도 못다할 말을 단 1분에 하는 사람이오.

유모 내 욕을 한마디라도 하면 가만두지 않을 거예요. 그자가 보기보다 힘이 세다 해도, 난 그런 작자 스무 명쯤은 거뜬히 상대해 줄 수 있으니까요. 아니, 내가 못하면, 상대해 줄 사람들을 찾아내야죠. 비열한 자식! 난 그런 놈의 노리갯감도, 한패거리 살인자도 아니에요.

(하인 피터에게 향한다.)

그런데 넌 어째서 온갖 놈들이 제멋대로 날 희롱하는데 보고만 서 있는 거냐!

피터   저는 마님을 제멋대로 희롱하는 자는 아무도 못 봤는데요.
만일 봤다면 소인의 무기를 번개같이 뽑았겠지요. 정말입니다. 저
야 제대로 싸움판이 벌어진 걸 목격하고, 법적으로 제가 정당하
다면, 누구 못지않게 재빨리 칼을 뽑는답니다.

유모   정말이지 너무 분해서 온몸 여기저기가 바들바들 떨리는군.
비열한 자식! 부탁인데요, 도련님, 한 말씀만 드리지요. 말씀드렸
듯이, 우리 아가씨가 도련님을 찾아보라고 하셨어요. 아가씨가 전
하라고 하신 말씀은 저 혼자만 알고 있겠습니다. 그런데 먼저 말
씀드려 두는데요, 만약 도련님께서 흔히 말하듯 아가씨를 꾀어
바보의 낙원으로 데리고 가시면,* 정말 야비한 행동이 될 겁니다
요. 아가씨는 아직 어리세요. 그러니 만약 도련님께서 아가씨를
농락하시면 그건 어떤 숙녀에게든 나쁜 짓이고, 몹시 비열한 짓
이 될 겁니다.

로미오   유모, 아가씨께 안부를 전해 주시오.
내 유모에게 맹세하지만 ─.

유모   착하신 분! 제가 꼭 그리 전하지요. 아이고, 하느님!
아가씨가 정말 기뻐할 겁니다.

로미오   유모, 아가씨께 뭘 전하겠다는 거요?
아직 내 말을 듣지도 않았잖소.

유모   아가씨께 말씀드리겠어요, 도련님께서 맹세하시더라고요.
제가 보기에는 신사다운 시도이십니다.

로미오   아가씨께 오늘 오후에 어떤 수단을 써서든
고해 성사를 하러 오시라고 전해 주오.

그러면 거기 로런스 신부님의 수도원에서

고해 성사를 올리고 결혼을 하게 될 것이오.

수고에 대한 대가이니 받아 두오.

유모　아닙니다, 도련님. 한 푼도 안 됩니다.

로미오　그러지 말고 받아 두라니까.

유모　오늘 오후라고요, 도련님? 좋아요, 아가씨께서 그리 가시게
하지요.

로미오　그리고 유모, 성당 담 뒤에서 기다려 주오.

곧 내 하인을 시켜 유모에게 사다리같이 엮은 밧줄을 전하도
록 하겠소.

이 줄은 비밀스러운 오늘 밤에

나를 기쁨의 절정으로 인도해 줄 물건이오.

잘 가시오! 내 말대로 하면 수고에 대한 보상을 해 주겠소.

잘 가시오! 아가씨께 내 안부를 꼭 좀 전해 주고.

유모　하느님의 축복이 도련님께! 제 말 좀 들어 보세요, 도련님.

로미오　무슨 말이오, 친애하는 유모?

유모　댁의 하인은 입이 무거운지요? "하나가 없어지면, 둘이 비밀
을 지킬 수 있다"라는 말* 들어 본 적 없으세요?

로미오　장담하겠소. 내 하인은 강철처럼 강직하다오.

유모　그건 그렇고, 도련님. 우리 아가씨는 둘도 없이 귀여운 숙
녀랍니다. — 아이고, 하느님! 아가씨가 재잘거리는 아기였을
때 — 글쎄, 시내에 패리스라는 귀공자가 있는데, 우리 아가씨를
점찍어 자기 사람으로 만들고 싶어 했답니다. 하지만 아가씨는

패리스를 보느니 차라리 두꺼비를, 그 있잖아요, 두꺼비를 보는
게 더 낫겠다잖아요. 전 가끔 아가씨의 노여움을 사면서 패리스
님이 더 잘생겼다고 말씀드렸죠. 하지만 제가 그렇게 말하면, 아
가씨는 온 세상에서 제일 창백한 백지장처럼 보이신답니다. 로즈
메리와 로미오는 같은 글자로 시작하지 않나요?

로미오 그렇소, 유모. 그런데 그게 어쨌다는 거죠? 둘 다 'R'로 시
작하죠.

유모 아, 농담도! 그건 아르르 소리 내는 개의 이름이잖아요.* 'R'
자로 말하자면 — 아니, 다른 글자로 시작하는 것쯤 저도 안다고
요. 또 도련님의 이름과 로즈메리라는 꽃 이름으로 아가씨는 가
장 예쁜 글귀를 지었답니다. 그걸 들으면 도련님이 좋아하실 것
같아 말씀드리네요.

로미오 아가씨께 내 안부를 전해 주시오.

유모 네, 천 번이라도 전하지요.　　　　　　　(로미오 퇴장.)
피터!

피터 갑니다요.

유모 (그에게 부채를 건네며) 앞장서라, 어서 가자.

　　　　　　　　　　　　　　　　　(피터 뒤를 따라 퇴장.)

5장

[베로나, 캐퓰렛 저택의 정원]

줄리엣 등장.

줄리엣 시계가 9시를 칠 때 유모를 보냈는데.
  반 시간이면 돌아오겠다고 약속했지.
  혹시 유모가 그분을 못 만났는지도 몰라.
  그렇진 않을 거야. 아! 유모는 절름발이인가 봐.
  사랑의 전령 노릇은 생각이 맡아야겠어.
  생각은 험준한 산 너머로 어둠의 그림자를 쫓아내는
  햇빛보다도 열 배는 더 빠르니까.
  그래서 사랑의 여신 수레는 날개가 민첩한 비둘기가 끌고,
  그래서 바람처럼 재빠른 큐피드에겐 날개가 있는 거지.
  이제 태양도 오늘의 여행길에서 제일 높은 고갯마루에 와 있고,
  9시부터 12시까지는 세 시간이나 되는
  긴긴 시간이건만, 아직도 유모는 돌아오지 않았어.
  유모에게 애정과 끓어오르는 청춘의 더운 피가 있다면
  공처럼 재빨리 왔다 갔다 할 텐데.
  내 말은 사랑하는 임에게, 그분 말은 내게,
  공이 왔다 갔다 하듯 전해 줄 텐데.
  하지만 늙은이들은 ─ 대개 반(半)송장 시늉을 하고 있다니까.

굼뜨고, 느리고, 둔하고, 납가루처럼 창백해.*

유모와 피터 등장.

오, 하느님, 유모가 오네. 오, 사랑스러운 유모, 어떤 소식을 가
져왔어요?

그분을 만났어요? 하인은 내보내요.

유모 피터, 문간에서 기다려.   (피터 퇴장.)

줄리엣 착하고 다정한 유모. 오, 저런, 왜 슬픈 표정을 짓는 거예요?

슬픈 소식이더라도 기쁘게 말해 줘요.

좋은 소식이라도 그렇게 찡그린 얼굴로 내게 들려주면

달콤한 음악 같은 소식을 모욕하는 거야.

유모 피곤하니 잠시 여유를 주세요.

원 참, 얼마나 뼈마디가 쑤시는지. 얼마나 지치도록 싸다녔는
지 몰라요!

줄리엣 내 뼈라도 주고 싶을 지경이니 어서 소식을 전해 줘요.

아니, 제발 말 좀 해 봐요. 착하디착한 유모, 말해 줘요.

유모 맙소사! 급하기도 하셔라. 잠시도 기다릴 수 없단 말인가요?

제가 숨넘어갈 지경이라는 게 안 보이세요?

줄리엣 내게 숨이 넘어간다고 말할 숨이 있으면서

어떻게 숨이 넘어간다는 거야?

이렇게 질질 끌면서 변명하는 게

대답하는 것보다 더 오래 걸리겠어.

좋은 소식예요? 나쁜 소식예요? 대답 좀 해 봐요.

가부를 먼저 얘기해요. 자세한 얘기는 천천히 듣죠 뭐.

궁금증을 풀어 줘요. 좋은 소식예요? 나쁜 소식예요?

유모 좋아요. 아가씨는 바보 같은 선택을 했더군요. 아가씨는 남자를 고를 줄 몰라요. 로미오라고? 아니, 그분은 안 돼요. 비록 얼굴은 어떤 남자에 비해도 빠지지 않지만요. 또 다리도 그 어떤 남자보다 뛰어나고, 손이며 발이며 몸맵시며, 말해서는 안 되겠지만, 남들과 비교할 수 없을 정도이긴 하죠. 예의범절의 꽃이라 할 순 없지만 그래도 정말이지 어린 양처럼 순하긴 합디다. 아가씨, 이런 얘긴 할 만큼 했으니 이젠 그만하시죠. 그래, 집에서 식사는 하셨나요?

줄리엣 아니, 아니. 그런 얘긴 전부터 죄다 알고 있던 거고.

우리 결혼에 대해 그분이 뭐라고 하셨어? 뭐라고 하셨냐고?

유모 아이고, 머리가 어찌나 쑤시는지! 골치는 왜 이리 아픈 거야?

스무 조각으로 산산조각 날 듯이 욱신거리네.

저쪽 허리도 아프고, 아이고, 허리야, 허리!

아가씨가 원망스러워요. 아가씨 심부름하러

여기저기 싸다니다가 제가 다 죽을 지경이에요.

줄리엣 유모가 몸이 편치 않다니 정말 미안해요.

다정하고, 다정하고, 다정한 유모, 말해 줘. 내 임이 뭐라셨어?

유모 아가씨 애인께서는 훌륭한 신사답게 말씀하셨어요.

또한 예절 바르고, 친절하고, 잘생기셨죠.

그리고 덕이 있게 보이셨죠. 그런데 어머님은 어디 계시죠?

줄리엣　어머님이 어디 계시냐고? 그야 안에 계시겠지.

거기 말고 어디 계시겠어? 참 이상한 대답을 하네.

'아가씨 애인께서는 훌륭한 신사답게 말씀하셨어요' 다음에

'어머님은 어디 계시죠?'라는 말이 어떻게 나와요?

유모　오, 성모 마리아시여!

그렇게 몸이 달아오르세요? 세상에 원!

이게 뼈마디가 쑤시는 데 주는 찜질약인가요?

앞으로 자신의 심부름은 스스로 하세요.

줄리엣　왜 이리 큰 수선을 피울까. 자, 로미오 님이 뭐라고 하셨어?

유모　아가씨는 오늘 고해 성사에 가도 좋다는 허락을 받으셨나요?

줄리엣　그래요.

유모　그럼 서둘러 로런스 신부님의 수도원으로 가세요.

그곳에 가면 아가씨를 아내로 맞을 서방님이 기다리고 계실 거예요.

벌써 아가씨 두 뺨이 달뜬 홍조를 띠는군요.

무슨 말이든 들으면 그 뺨은 금방 새빨개진다니까요.

어서 가 봐요. 저는 다른 길로 가서 줄사다리를 가져와야죠.

그 줄사다리를 타고 밤이 되면 아가씨의 애인이

새의 보금자리로 올라와야 한답니다.

전 아가씨 좋으라고 궂은일 하면서 고생하는데,

곧 밤이 되면 아가씨께서도 무거운 짐을 떠안아야 할 거예요.

어서 가 보세요. 전 식사 좀 해야겠어요.

어서 수도원으로 가 봐요.

줄리엣　지극한 행운을 찾아 어서 가자! 착한 유모, 안녕히.

(모두 퇴장.)

6장

[베로나, 로런스 신부의 수도원]

로런스 신부와 로미오 등장.

로런스　하느님께서 이 거룩한 의식을 축복하시고,

　　　　훗날 슬픈 일로 저희를 책망하지 마옵소서.

로미오　아멘, 아멘. 어떤 슬픔이 닥쳐오더라도,

　　　　그녀를 보는 순간 서로 느끼게 될 기쁨에 비할 수 없을 겁니다.

　　　　신부님은 거룩하신 말씀으로 저희 둘을 맺어 주시기만 하면 됩니다.

　　　　사랑을 집어삼키는 죽음더러 무슨 짓이든 해 보라고 하지요.

　　　　그녀를 내 것으로 부를 수만 있다면 그걸로 족하니까요.

로런스　이런 격렬한 기쁨엔 격렬한 종말이 있게 마련이네.

　　　　불과 화약이 닿자마자 폭발하듯이

　　　　승리는 절정에서 숨을 거두는 법.

　　　　지나치게 단 꿀은 도리어 달기 때문에 싫어지고,

　　　　맛을 보면 입맛을 버리게 마련이지.

그러니 사랑은 적당히 해야 해.

오래가는 사랑은 그런 기라네.

서두르면 느리게 가는 것보다 오히려 더딘 법이지.

줄리엣 등장.

여기 그 숙녀분이 오시는군. 아! 발걸음이 저리도 가벼우니

단단한 부싯돌 깔린 길이 결코 닳지 않겠구나.

사랑에 빠진 사람은 분방한 여름 바람에 살랑대는

거미줄을 타더라도 떨어지지 않을 거야.

그처럼 가벼운 게 속세의 쾌락이니까.

줄리엣   안녕하세요, 제 고해 성사를 주관하시는 신부님.

로런스   우리 두 사람을 대신해 로미오가 감사할 것이야, 아가씨.

(로미오가 줄리엣에게 키스한다.)

줄리엣   그럼 그분께도 똑같이 인사해야죠.

안 그러면 그분의 감사가 너무 황송하겠어요.

(줄리엣이 로미오에게 키스로 답한다.)

로미오   아, 줄리엣, 그대의 기쁨의 양이 내 기쁨의 양만큼 크고,

그것을 표현하는 기술이 나보다 한 수 위라면,

그대의 말로 주위의 공기를 향기롭게 해 주시고,

음악처럼 풍부한 목소리로 지금 이렇게 만나

서로 주고받고 있는 꿈같은 행복을 말해 주시오.

줄리엣   말보다 내용이 더 풍성한 생각이라면

겉치레보다는 실속을 자랑으로 삼지요.

재산을 헤아릴 수 있는 사람은 그저 가난뱅이에 불과하죠.

하지만 제 진실한 사랑은 너무도 크게 불어나서

그 재산의 절반도 헤아릴 수 없답니다.

로런스 자, 나와 함께 가서 빨리 일을 마치세.

미안한 말이네만, 신성한 교회가 자네 두 사람을

하나로 맺어 주기 전까지는, 이렇게 둘만 놔둘 수가 없다네.

(모두 퇴장.)

3막

1장

[베로나, 광장]

머큐쇼, 벤볼리오, 시종, 몇몇 사람들 등장.

벤볼리오 제발, 머큐쇼, 돌아가세.

날은 덥고, 캐풀렛 집안 놈들이 나다니고 있으니,

마주치면 싸움을 피할 수 없을 거야.

이렇게 더운 날에는 피도 미쳐 날뛰기 마련이니까.*

머큐쇼 술집에 들어서자마자 탁자 위에 칼을 탁 내려놓고

'너는 이제 아무 필요 없다!'라고 말해 놓고선

두 번째 술잔의 취기가 돌게 되면 정말 아무 이유 없이

급사를 상대로 그 칼을 빼는 자가 있다고 하더니,

자네가 바로 그런 작자로군.

벤볼리오 내가 그런 작자라고?

머큐쇼 자, 자, 이탈리아 천지에 자네처럼 성질 급한 사람이 어디 있겠나. 충동질만 하면 화를 내고, 화가 났다 하면 폭발하지 않느냐고.

벤볼리오 무엇에 말인가?

머큐쇼 아니, 자네 같은 자가 둘만 있어도 금방 둘 다 남아나지 않을 걸세. 서로가 서로를 죽이려 할 테니까. 자네? 글쎄, 자넨 상대의 턱수염이 자네보다 한 오라기 더 많거나 더 적다고 싸움을 걸려고 할 걸세. 또 자네 눈이 개암나무 색깔이라는 이유만으로도 개암 까는 사람과 싸우려 들 거야. 하기야 그런 눈이 아니고서야 어떤 눈이 그런 싸움질을 찾아낼 수 있겠나? 달걀 속이 알맹이 차 있듯 자네 머리는 싸움질 생각으로 꽉 차 있어. 그리고 그 머리는 싸우다 얻어맞아 썩은 달걀처럼 곯아 있지. 자넨 길거리에서 기침한 사람과 싸운 적도 있잖아. 햇볕을 쬐며 자고 있는 자네 개를 깨웠다고 말이야. 또 재단사가 부활절 전에 새 옷을 입었다고 싸우지 않았나? 새 구두에 헌 구두끈을 끼웠다고 싸운 적도 있지? 그러고도 감히 자네가 내게 싸우지 말라고 훈계할 셈인가?

벤볼리오 내가 자네처럼 싸움질하기 일쑤라면, 한 시간 십오 분짜리로 내 목숨에 대한 소유권을 송두리째 팔아넘기는 게 남는 장사겠어.*

머큐쇼 '소유권을 송두리째'라고! 오, 송두리째 멍청하긴!

티볼트, 페트루키오, 그리고 다른 사람들 등장.

벤볼리오　정말이야, 캐퓰렛 집안 놈들이 이리 오고 있어.

머큐쇼　정말이야, 올 테면 오라지.

티볼트　내 뒤를 바짝 따라와. 저놈들에게 말을 걸어 볼 테니.
　　여러분, 안녕들 하시오. 어느 한 분과 한마디만 나누고 싶소.

머큐쇼　우리 중 한 사람과 한마디를 나누겠다고? 거기에다 짝을
　　지어 주지그래? 말 한마디에 싸움 한바탕이라고.

티볼트　이봐, 나야 기꺼이 그럴 용의가 있지. 그쪽에서 그럴 기회
　　만 준다면야.

머큐쇼　기회를 주지 않으면 기회를 잡을 순 없단 말인가?

티볼트　머큐쇼, 넌 로미오와 한패거리잖아.

머큐쇼　뭐, 같이 장단 맞춘다고? 아니, 우릴 떠돌이 악사 나부랭이
　　로 만들 셈이야? 우릴 떠돌이 악사로 만들면 시끄러운 불협화음
　　밖에 더 듣겠나. 여기 내 깽깽이 활이 있다. 네놈들을 한바탕 춤
　　추게 할 게 여기 있어. 망할 자식, 장단 맞춘다니!

벤볼리오　우리가 얘기하고 있는 여긴 사람들 왕래가 잦은 곳이네.
　　그러니 어디 조용한 곳으로 가서
　　냉정하게 불만거리를 따져 보든가
　　아니면 그냥 헤어지세.
　　여기선 많은 사람들의 눈이 우릴 주시하고 있다네.

머큐쇼　사람 눈은 보라고 있는 거야. 볼 테면 보라지.
　　남의 비위를 맞추려고 물러서진 않겠어, 난 절대.

로미오 등장.

티볼트 좋아, 자네와는 화해하지. 여기 내가 찾던 놈이 오는군.

머큐쇼 목을 맬 일일세. 로미오가 제 종놈 옷이라도 입은 거라면.*

그제기랄, 어서 결투장으로 나서 봐.

그럼 그가 널 모시고 뒤따를 테니.

귀하께서는 그런 뜻으로 그를 '놈'이라 부를 순 있겠군.

티볼트 로미오, 너에 대한 내 애정*이

이보다 더 좋은 말을 허용하지 않는다. 네놈은 악당이다.

로미오 티볼트, 내가 자네를 사랑할 수밖에 없는 그 이유 때문에,

그런 무례한 인사에 내 마땅히 성을 내야 하지만 참겠네.

난 악당이 아니야. 그러니 이만 헤어지세.

자넨 내가 어떤 사람인지 모르는 모양이니.

티볼트 이 자식, 그런 말로 네가 내게 준 모욕이 용서될 순 없지.

그러니 돌아서서 칼을 뽑아!

로미오 분명히 말하는데, 난 결코 자넬 모욕한 적이 없고

오히려 자네가 상상할 수 있는 그 이상으로 자넬 사랑하고 있

다네.

앞으로 내가 사랑하는 이유를 알게 될 걸세.

그러니 진정하게, 착한 캐풀렛.

그 이름을 내 이름 못지않게 소중히 여기고 있다네.

머큐쇼 아! 맥 빠지고 수치스럽고 비열한 항복이다!

맹공격에 결판이 난 형국이군.

(칼을 뽑는다.)

티볼트, 이 쥐잡이 놈, 피하는 거냐?

티볼트 넌 내게 용건이 뭐야?

머큐쇼 고양이들의 왕 놈아, 네놈의 아홉 개 목숨 중 한 개만 내놔.* 그것만 내 맘대로 하겠어. 앞으로 네놈이 나한테 어떻게 나오느냐에 따라서 나머지 여덟 개도 때려잡아 주마. 칼자루를 쥐고 칼집에서 칼을 뽑을 테냐? 빨리 해. 네놈 칼을 뽑기 전에 내 칼이 네놈 귀를 날려 버리지 않게 말이야.

티볼트 그렇다면 상대해 주지.

(칼을 뽑는다.)

로미오 이봐 머큐쇼, 자네 칼을 거두게.

머큐쇼 자, 이제 네놈의 찌르기 솜씨 좀 보자.

(두 사람이 싸운다.)

로미오 칼을 뽑아, 벤볼리오. 저들의 칼을 쳐서 떨어뜨려 줘.
여보게들, 부끄럽지 않나, 이렇게 격분하지 말고 진정들 하게.
티볼트, 머큐쇼, 영주님께서는 베로나 거리에서
이렇게 싸우는 일을 분명히 금지하셨단 말일세.
(로미오가 두 사람 사이에 들어선다.)
멈추게, 티볼트! 착한 머큐쇼!
(티볼트가 로미오의 팔 밑으로 머큐쇼를 찌른다.)

(티볼트, 추종자들과 함께 퇴장.)

머큐쇼 난 상처를 입었어.
네놈들 두 집안, 염병에 뒈져 버려! 난 끝장이야.

그놈은 달아났어? 상처 하나 입지 않고?

벤볼리오 뭐라고, 자네가 상처를 입었다고?

머큐소 그래, 그래, 좀 할퀴었네, 할퀴었어. 젠장, 이걸로 충분해.
내 종놈은 어디 있지? 이놈아, 어서 가서 의사를 불러와.

(시동 퇴장.)

로미오 기운을 내, 머큐쇼. 부상은 대단치 않네.

머큐쇼 아니야. 우물만큼 깊진 않고 교회 문만큼 넓진 않지만
이 정도로 충분해. 죽을 만한 상처네. 내일 날 찾아오면
내가 무덤 속에 있다는 걸 알게 될 거야. 정말 내 일생이
이걸로 끝장일세. 네놈들 두 집안, 염병에 뒈져 버려!
제기랄! 개가, 쥐가, 생쥐가, 고양이가, 사람을 할퀴어 죽이다니!
펜싱 교본대로 싸우는 허풍선이, 건달, 악당 놈!
대체 자넨 어쩌자고 우리 사이에 끼어들었나?
난 자네 팔 밑으로 찔렀단 말이네.

로미오 모든 일이 잘되게 하자는 생각이었어.

머큐쇼 어느 집으로든 날 좀 데려다주게, 벤볼리오.
안 그러면 실신할 것 같아. 네놈들 두 집안, 염병에 뒈져 버려!
네놈들이 날 구더기 밥으로 만들어 놓았어.
난 치명상을 입었네, 완전히 당했어. 망할 네놈들 두 집안!

(벤볼리오와 함께 퇴장.)

로미오 영주님의 가까운 친척이자 진정한 내 친구인
이 신사가 나 때문에 치명적인 상처를 입었다니.
내 명예는 티볼트의 모욕으로 더럽혀졌고 말이야.

티볼트는 한 시간 전에 내 친척이 되지 않았던가!*

오, 사랑하는 줄리엣, 그대의 아름다움이 날 여자 같은 남자로
만들었고,*

내 기질 속의 강철 같은 용기의 칼날을 무디게 만들었소!

벤볼리오 등장.

벤볼리오 아, 로미오, 로미오, 용감한 머큐쇼가 죽었네.

저 당당한 영혼이 너무나도 때 이르게

이 세상을 비웃으며 구름 위로 승천했다네.

로미오 오늘의 불운은 두고두고 화근이 되겠구나.

이는 그저 재앙의 시작일 뿐, 후일 그 끝을 보게 될 것이다.

티볼트 등장.

벤볼리오 불같이 화난 티볼트가 여기로 다시 돌아오고 있네.

로미오 의기양양하게 다시? 머큐쇼를 죽여 놓고?

인정사정 같은 건 하늘나라로 가 버려라!

이젠 눈에 불을 켠 분노가 내 안내자가 될 거다!

티볼트, 아까 네놈이 내게 불렀던 '악당'이란 말을 도로 가져가.

머큐쇼의 영혼이 바로 우리 머리 위를 떠돌면서

네놈의 영혼과 동행하기 위해 기다리고 있다.

네놈 아니면 내가, 혹은 우리 둘 다 그와 함께 가야 해.

티볼트 망할 녀석, 네놈은 이승에서 그놈과 한패거리였으니

　　　저승길도 함께 가게 해 주마.

로미오 그건 이 칼이 결정할 문제야.

　　　(둘이 싸운다. 티볼트가 쓰러진다.)

벤볼리오 로미오, 달아나, 도망치라고.

　　　시민들이 흥분했어. 티볼트는 죽었고.

　　　멍하니 서 있지 마. 잡히면 영주님은 자네에게

　　　사형을 선고하실 거야. 어서 달아나게, 도망쳐!

로미오 아! 난 운명의 노리개로구나!

벤볼리오 왜 꾸물거리고 있는 거야?　　　　　　(로미오 퇴장.)

시민들 등장.

시민 1 머큐쇼를 살해한 범인은 어디로 달아났느냐?

　　　살인자 티볼트는 어디로 달아났느냐?

벤볼리오 티볼트는 여기 쓰러져 있습니다.

시민 1 이보게, 일어나시오. 나와 함께 가야겠소.

　　　영주님의 이름으로 명령하니, 시키는 대로 하시오.

영주, 몬터규, 캐풀렛, 몬터규 부인, 캐풀렛 부인, 사람들 모두 등장.

영주 이 싸움을 처음 시작한 고약한 놈들이 누구냐?

벤볼리오 아, 고귀한 영주님, 제가 이 치명적인 싸움의

불행한 자초지종을 모두 밝혀 드리겠습니다.

젊은 로미오가 살해한 자가 여기 누워 있습니다.

그런데 이자가 영주님의 친척인 용감한 머큐쇼를 살해했습니다.

캐풀렛 부인   티볼트! 내 조카! 오, 내 오라버니의 아들!

오, 영주님! 오, 영감! 오, 제 귀한 친척의 피가

쏟아지고 말았습니다. 영주님, 영주님께서는 공정하시니,

제 친척이 흘린 피의 대가로 몬터규의 피도 흘리게 해 주소서.

오, 조카야, 조카야!

영주   벤볼리오, 누가 이 피비린내 나는 싸움을 시작했느냐?

벤볼리오   로미오의 손에 살해되어 여기 쓰러져 있는 티볼트입니다.

로미오는 점잖은 말로 싸움이 얼마나 부질없는 짓인지를

생각하라고 그에게 타이르며, 이에 덧붙여 영주님의 노여움을

사게 될 것이라고 설득하려 했습니다.

이 모든 말을 점잖은 말투와 온화한 표정으로

공손히 무릎까지 꿇으며 했으나,

평화라는 말에 귀를 막은 티볼트의 걷잡을 수 없는 분노를

진정시킬 수는 없었습니다.

결국 티볼트는 예리한 칼로 용감한 머큐쇼의 가슴을 겨누었고,

흥분한 머큐쇼도 살기등등한 칼끝을 겨누며 대항했죠.

머큐쇼는 무사답게 비웃으며,

한 손으로는 싸늘한 죽음의 칼날을 옆으로 제치고,

다른 손으로는 티볼트의 칼을 되받아쳤고,

이에 티볼트도 날렵하게 응수했습니다.

로미오가 큰 소리로 "멈춰, 친구들! 친구들, 떨어지라니까!"

라고 외쳤고, 자신의 말보다도 더 재빨리

로미오의 민첩한 칼이 그들의 치명적인 칼날을 내리치며

두 사람 사이로 달려들었습니다.

그때 로미오의 팔 밑으로 티볼트의 흉악한 칼이

당당한 머큐쇼에게 치명상을 입혔고,

티볼트는 일단 달아났다가 곧 다시 로미오에게 돌아왔는데,

이젠 로미오도 복수심으로 새롭게 불타올랐던 터라

두 사람은 번개처럼 맞붙어 싸웠습니다.

제가 칼을 빼 들고 둘을 미처 떼어 놓기도 전에

당당한 티볼트가 살해되었고,

티볼트가 쓰러지자 로미오는 발길을 돌려 달아났습니다.

이상이 사건의 진상인바, 사실이 아니라면 저 벤볼리오를 죽여
주십시오.

캐풀렛 부인　저자는 몬터규 집안 사람입니다.

그쪽을 두둔하여 거짓을 말하고 있을 뿐, 진실을 말하는 게 아
닙니다.

이 흉측한 싸움에는 20여 명이 가담했는데,*

그들이 한꺼번에 달려들어 한 사람의 생명을 앗아 간 겁니다.

공정한 판결을 간청하오니, 영주님께선 반드시 그렇게 해 주셔
야 합니다.

로미오가 티볼트를 죽였으니, 로미오를 살려 둬선 안 됩니다.

영주　로미오는 티볼트를 죽였고, 티볼트는 머큐쇼를 죽였다.

그러면 누가 머큐쇼의 귀중한 피의 대가를 치러야 할 것이냐?

몬터규　로미오는 아닙니다, 영주님. 그 애는 머큐쇼의 친구입니다.

그 애의 죄라면 티볼트의 목숨을 뺏는 일,

즉 법으로 마땅히 처단해야 할 일을 했을 뿐입니다.

영주　그러면 그 죄의 대가로

그를 이 나라에서 당장 추방하노라.

당신들의 원한 맺힌 감정에 나까지 말려들었고,

당신들의 난폭한 싸움에 내 친척이 피를 흘리며 쓰러졌다.

나는 당신들에게 무거운 벌금형을 내려

내 친척의 피를 흘리게 한 죄를 뉘우치게 하겠다.

어떤 소청이나 변명에도 귀를 막을 것이다.

아무리 눈물을 흘리며 애원해도 죄를 면할 수 없을 것이다.

그러니 아무 말 마라. 당장 로미오를 이곳에서 추방하라.

여기 머물다 발각되면, 그 순간이 그의 최후가 되리라.

여기 이 시체를 치우고, 내 처분을 기다리라.

살인범에게 자비를 베풀면, 또 다른 살인을 부추기는 꼴이다.

(모두 퇴장.)

2장

[베로나, 캐풀렛 저택]

줄리엣 혼자 등장.

줄리엣 너희 불붙은 발굽을 지닌 말들아,
태양신 포이보스의 숙소를 향해 빨리 달려가렴.
태양신의 아들 파에톤 같은 마부라면
너희를 서쪽으로 채찍질하여 당장 깜깜한 밤을 가져다줄 텐데.*
사랑을 이루어 줄 밤의 어둠아,
그대의 두꺼운 장막을 펼쳐 줘.
그리하여 태양신의 눈이 가려지고,
로미오 님이 입방아에 오르지 않고 눈에도 띄지 않은 채
이 품 안에 달려들 수 있도록.
연인들은 자신의 아름다움을 등불 삼아
사랑의 의식을 치르는 걸 볼 수 있다지.
혹은 만일 사랑이 눈멀었다면,
밤이야말로 사랑과 제일 잘 어울린다지.
오너라! 엄숙한 밤이여,
온통 검은색으로 수수한 옷차림을 한 마님 같은 밤이여,
한 쌍의 티 없이 순결한 정조를 걸고 벌어지는,
이기게 되어 있는 시합에서 지는 법을 내게 가르쳐 줘.*

내 뺨에 달아올라 날뛰는 순결한 피를

그대의 검은 망토로 가려 줘.

수줍은 사랑이 대담해져서

진정한 사랑의 행위를 솔직한 정숙으로 생각하도록.

오너라, 밤이여! 오세요, 로미오!

밤을 낮처럼 비추는 그대여, 어서 오세요.

당신이 밤의 날개를 타고 계시면

까마귀 등에 방금 내린 눈보다도 더 희겠지요.

오라, 정다운 밤이여, 사랑스러운 검은 얼굴의 밤이여, 오라!

내게 로미오 님을 어서 데려다줘.

그리고 만일 내가 황홀해 죽게 되면,*

그분을 모셔다가 조그만 별들로 조각조각을 내 줘.

그럼 그분은 온 하늘을 너무도 환하게 비춰서

온 세상이 밤에 반하게 되고

저 찬란한 태양을 더 이상 숭배하지 않게 될 거야.

아, 난 사랑이란 집을 사 놓고도 거기 살아 보지도 못하고,

이미 팔린 몸인데도 아무 즐거움을 누리지 못하고 있네.

내게 오늘 낮은 참으로 지루해서

마치 명절 전날 밤, 새 옷을 받아 놓고

입지 못해 안달이 난 어린애 같은 기분이야.

아, 저기 유모가 오는구나.

유모가 줄사다리를 들고 손을 쥐어짜며 등장.

유모가 소식을 가져왔을 거야. 로미오라는 이름만 입에 담아도

천사의 웅변으로 말하는 셈이겠지.

자, 유모, 무슨 소식이야? 거기 갖고 있는 게 뭐예요?

로미오 님이 가져가라고 한 줄사다리야?

유모 예, 예, 그 줄사다리예요.

(줄사다리를 털썩 내려놓는다.)

줄리엣 아이 참, 무슨 소식이냐니깐? 왜 그리 손을 쥐어짜고 있어?

유모 아이고, 그분이 돌아가셨어요, 돌아가셨어요, 돌아가셨어요.

우린 다 틀렸어요, 아가씨, 다 틀렸어요.

아이고, 그분이 떠나셨어요. 살해되셨어요. 돌아가셨어요.

줄리엣 하늘이 그리 무정할 수가 있어?

유모 로미오는 그럴 수 있어요, 하늘은 그럴 수 없지만,

오, 로미오 님, 로미오 님.

누가 그런 일을 생각이나 했겠어요? 로미오 님!

줄리엣 대체 유모는 어떤 악마이기에 날 이토록 괴롭히는 거야?

이런 잔혹한 말은 무시무시한 지옥에서나 외치는 소리야.

로미오 님이 자살했다는 거야? '예'라고만 해 봐요.

그 '예'라는 외마디가 한 번 보는 것만으로도 사람을 죽인다는

저 독사의 독기 서린 눈초리보다 더 치명적인 독이 될 거야.*

만일 그런 '예'라는 답이 있거나

그분의 두 눈이 감겨 유모가 '예'라고 답하게 만든 거라면,

난 더 이상 내가 아니야.

그분이 살해되셨다면 '예'라고 하고

아니면 '아니'라고 해 봐요.

그 짧은 한마디에 내 행복과 불행이 달려 있어.

유모   상처를 봤어요, 내 두 눈으로 그걸 봤다고요.

아이고 맙소사! 대장부다운 그분 가슴에 난 상처를요.

가련한 시체, 피투성이가 된 가련한 시체,

잿빛처럼 창백하고, 온통 피범벅이 되어,

온통 피가 엉겨 붙어 있었다고요. 그 광경을 보고 난 기절했답
니다.

줄리엣   아, 찢어져라, 내 심장아!

불쌍한 파산자, 당장 터져 버려!

두 눈아, 감옥으로 가서 다시는 자유를 보지 마라!

천한 흙은 다시 흙으로 돌아가라,* 여기 그만 멈춰 버려!

하여 그 흙이 로미오와 함께 무거운 관에 묻혀 버려!

유모   아, 티볼트 님, 티볼트 님! 제 절친한 친구이셨는데요.

아, 예의 바른 티볼트 님, 고귀하신 신사분.

여태 내가 살아서 당신이 돌아가시는 모습을 보게 될 줄이야.

줄리엣   이렇게 거꾸로 불어 대는 폭풍은 대체 뭐지?

로미오 님이 살해되었다고? 그리고 티볼트 오빠가 죽었다고?

내가 사랑하는 오빠와 그보다 더 사랑하는 남편이?

무시무시한 나팔이여, 최후의 심판 날을 알리는 나팔을 불어라.

두 분이 돌아가셨으면 이 세상에 누가 살아남겠어?

유모   티볼트 님은 돌아가셨고, 로미오 님은 추방되셨어요.

티볼트를 살해한 로미오 님이 추방되셨다고요.

줄리엣　아, 하느님! 로미오 님의 손이 티볼트 오빠의 피를 흘리게
　했다고?

유모　그랬어요, 그랬어요. 아이고, 맙소사! 그랬답니다.

줄리엣　아, 꽃 같은 얼굴에 감춰진 독사 같은 마음이여!

　사나운 용이 그토록 아름다운 동굴에 산 적이 있었던가요?

　아름다운 폭군, 천사 같은 악마,

　비둘기 깃털을 단 까마귀, 늑대처럼 탐욕스러운 어린 양!

　성스러운 외양에 싸인 추악한 실체!

　그대로 보이는 외모와는 정반대되는 사람!

　저주받은 성자, 명예로운 악당!

　오, 자연이여! 그대는 지옥에서 할 일이 무엇이었기에

　그렇게도 달콤한 인간의 육신의 낙원에다

　악마의 혼을 담아 놓았단 말인가요?

　그토록 추악한 내용을 담은 책이

　그토록 아름답게 제본된 적이 있었던가요?

　아, 그토록 화려한 궁전 속에

　그런 거짓이 깃들어 있다니!

유모　사내들에게는 믿음도 신의도 정직도 없답니다.

　죄다 거짓 맹세나 하고, 맹세를 저버리고,

　온통 사악하고, 모두 위선자들이죠.

　내 하인은 대체 어디 있는 거야? 브랜디 좀 가져와.

　이런 고통, 이런 비통, 이런 슬픔 탓에 내가 늙는군.

　로미오는 치욕이나 당해라.

줄리엣 그런 악담을 하다니, 유모의 혓바닥이 부르틀 거야!

그분은 치욕을 당하려고 태어나신 분이 아니야.

그분 이마에는 치욕 같은 건 부끄러워 앉지도 못해요.

그곳은 온 천하를 다스릴 유일한 군주이신 명예가

왕관을 쓰고 자리 잡을 옥좌이기 때문이지.

아, 그분을 책망하다니 정말 내가 짐승 같았나 봐.

유모 그럼 아가씨는 사촌 오빠를 죽인 그분을 칭찬할 셈인가요?

줄리엣 그럼 내가 내 남편인 분을 험담해야겠어?

아, 가련한 내 신랑! 세 시간 전에 당신 아내가 된 제가

당신의 명예를 망쳐 놨으니 무슨 말로 그 명예를 회복시킬 수

있을까요?

하지만 나쁜 사람, 무엇 때문에 제 사촌 오빠를 죽이셨나요?

그렇지 않았다면 고약한 사촌 오빠가 내 남편을 죽였을지도

모르는 일.

돌아가라, 어리석은 눈물이여! 네 본래의 샘으로 돌아가!

슬픈 일에 바쳐야 할 공물인 눈물을

실수로 기쁜 일에 바칠 뻔했구나.

티볼트 오빠가 죽이려던 내 남편은 살아 있고,

내 남편을 죽이려던 티볼트 오빠는 세상을 떠났어.

이 모든 게 다행이야. 그렇다면 내가 왜 우는 거지?

티볼트 오빠가 죽었단 말보다 더 나쁜 어떤 말이 날 죽여 놓았

던 거야.

그 말을 잊을 수 있으면 좋으련만.

오, 마치 죄인의 마음속에 달라붙은 저주받은 죄처럼

그 말이 내 기억 속에서 떠나질 않는구나.

'티볼트 님은 돌아가셨고, 로미오 님은 추방되셨어요.'

'추방', 바로 '추방'이란 그 말 한마디가

티볼트 오빠를 만 명이나 죽인 것과 다름없네.

티볼트 오빠의 죽음은 그것만으로 끝났다 해도 더할 수 없이 슬픈 일.

혹시 쓰라린 슬픔이 친구를 좋아해서

또 다른 슬픔과 짝을 지어야겠다고 고집한다면,

'티볼트 님이 돌아가셨어요'라고 유모가 말할 때

아버지 혹은 어머니, 아니 두 분 다 돌아가셨다는 말은

왜 뒤따르지 않았던 거야?

그랬더라면 흔히 있는 비탄으로 그쳤을 텐데.

그런데 티볼트 오빠가 죽었다는 말에 이어

'로미오 님이 추방되셨다'고 하니,

그 말에 아버지도 어머니도 티볼트도 로미오도 줄리엣도

모두 살해되어 죽은 거나 다름없잖아.

'로미오 님이 추방되셨다'니!

그 말의 살인적 위력은 끝도 한계도 정도도 경계도 없어.

그 어떤 말도 그 슬픔의 깊이를 측정할 수 없어.

그런데 아버지와 어머니는 어디 계시지, 유모?

유모 티볼트 님의 시신을 두고 대성통곡하고 계십니다.

그분들께 가시려고요? 제가 그리로 모시고 가죠.

줄리엣 두 분은 오빠의 상처를 눈물로 씻고 계시다는 거지?

두 분의 눈물이 마를 때, 로미오 님의 추방을 슬퍼하는

내 눈물은 흘러넘치게 될 거야.

저 줄사다리를 집어 들어요.

가련한 줄사다리야, 넌 속았어.

로미오 님이 추방당했으니 너나 나나 둘 다 속았단다.

그분은 내 침실로 통하는 신작로 격으로 널 마련했건만

난 이제 처녀 과부로 죽게 되는구나.

자, 줄사다리야, 자, 유모, 난 내 신방으로 가겠어.

로미오 님이 아니라 죽음이 날 신부로 차지하겠지.

유모 어서 아가씨 방으로 가세요.

로미오 님을 찾아 아가씨를 위로해 드릴게요.

제가 그분 계신 곳을 알고 있답니다.

들어 봐요, 아가씨의 로미오 님이 오늘 밤 여기 오실 거예요.

제가 그분께 가겠어요. 지금 수도원에 숨어 계시거든요.

줄리엣 아, 그분을 찾아요. 이 반지를 내 진실한 기사님께 드리고,

마지막 작별 인사를 하러 오시라고 전해 줘.   (모두 퇴장.)

3장

[베로나, 로런스 신부의 수도원]

로런스 신부 등장.

로런스　로미오, 이리 오게, 이리 와. 겁먹은 친구.
　　고통이 자네 재능에 반해서
　　재앙과 자네가 짝으로 연분을 맺은 모양이군.

로미오 등장.

로미오　무슨 소식이죠, 신부님? 영주님이 어떤 선고를 내리셨나요?
　　제가 아직 모르는 그 어떤 슬픔이 저와 사귀려 하나요?
로런스　자네가 그런 슬픈 친구들과 너무 가까이 지낸 탓이지!
　　영주님의 선고에 관한 소식을 가져왔네.
로미오　영주님의 선고가 사형 말고 뭐가 있겠습니까?
로런스　그분의 입에서 그보다 관대한 선고가 떨어졌어.
　　육신의 죽음이 아니라 육신의 추방이네.
로미오　하! 추방이라고요? 자비를 베풀어 차라리 '사형'이라고 하시죠.
　　추방의 표정이 사형의 표정보다 훨씬 더 무서우니까요.
　　'추방'이란 말은 하지 마세요.

로런스   자넨 이곳 베로나에서만 추방된 거야.

진정하게. 세상은 넓고도 넓으니.

로미오   베로나 성벽 밖에는 세상이 없고

연옥과 고문과 지옥만 있을 뿐이에요.

이곳에서 '추방'된다는 건 이 세상에서 추방되는 거고,

이 세상에서 추방된다는 건 곧 죽음이라는 뜻이에요.

그러니 '추방'이란 말은 사형이 잘못 이름 붙여진 거죠.

사형을 '추방'이라 부르면서 신부님은 금도끼로 제 목을 치시고

절 죽인 그 일격에 만족해 웃고 계시는 겁니다.

로런스   오, 죽어 마땅한 죄다! 오, 무례한 배은망덕이야!

자네 죄는 법으로 따지면 마땅히 사형이지만

인자하신 영주님께서 자네 편을 드시어 법을 제쳐 놓고

'사형'이란 그 무시무시한 말을 '추방'으로 바꿔 주신 거라고.

이는 아주 각별한 감형인데 자네는 그걸 모르다니.

로미오   그건 고문이지 감형이 아니에요.

천국은 줄리엣이 살고 있는 바로 여기입니다.

고양이며 개며 생쥐며 온갖 하찮은 미물도

이곳 천국에 살면서 줄리엣을 볼 수 있는데,

로미오만은 그럴 수 없지 않습니까?

썩은 고기에 달려드는 파리 떼들이

이 로미오보다 더 가치 있고, 더 명예로운 신분이고,

더 멋진 삶을 사는 겁니다.

파리들은 사랑하는 줄리엣의

새하얗고 경이로운 손에 앉을 수도 있고,

순결한 처녀의 수줍음으로

위아래 입술이 닿는 것조차 죄로 여기는 듯

언제나 붉게 물들어 있는 그녀의 입술로부터

영원한 축복을 훔쳐 낼 수도 있잖아요.

하지만 로미오는 그럴 수 없죠, 추방당한 몸이니까요.

파리들은 할 수 있는데, 저는 파리만도 못하게 도망쳐야 하죠.

파리들은 자유 신분이고, 저는 추방당한 신세랍니다.

그런데도 신부님은 추방이 사형이 아니라고 하시나요?

신부님은 '추방'이라는 말 외에는 절 죽일 방도가 없으신가요?

제조해 놓은 독약도, 날카롭게 벼려 놓은 칼도,

더할 나위 없이 비열해도 단숨에 죽일 방도가 없으시냐고요?

'추방'이라니요?

오, 신부님! 저주받은 자들이나 지옥에서 그 말을 쓴답니다.

그 말에는 지옥의 아우성이 따라다니죠.

성직자이시고, 참회를 들어주고 죄를 사해 주는 분이시며,

제 친구라고 공언하신 신부님께서

어찌 '추방'이란 말로 절 난도질하실 수 있단 말입니까?

로런스   이 실성한 어리석은 친구, 내 말 좀 들어 보게.

로미오   오! 또 추방에 대해 말씀하실 거죠.

로런스   자네에게 그 말을 막아 낼 갑옷을 주겠네.

역경을 이겨 낼 달콤한 우유, 즉 철학을 말일세.

비록 추방되긴 했지만 자네에게 위로가 될 거야.

로미오　또 '추방'을 말씀하시나요? 철학 따위는 집어치우세요.
철학이 줄리엣을 하나 만들어 낼 수 있거나,
도시를 하나 들어다 옮겨 놓을 수 있거나,
영주님의 선고를 바꿀 수 있다면 몰라도
그렇지 않으면 아무 도움이 안 돼요, 아무 소용 없어요.
더는 말씀하지 마세요.

로런스　아, 실성한 사람에겐 귀가 없다는 걸 이제 알겠군.

로미오　현명한 사람에게 눈이 없는데, 그럴 수밖에 없잖아요?

로런스　자네 처지를 좀 따져 보자고.

로미오　자신이 직접 느껴 보지 못한 것을 말할 순 없답니다.
신부님이 저처럼 젊고, 줄리엣이 연인이고,
결혼한 지 한 시간 만에 티볼트를 죽이고,
저처럼 사랑에 취해 있고, 저처럼 추방당했다면,
그렇다면 말씀하셔도 돼요.
그럼 신부님도 당신의 머리칼을 쥐어뜯고,
지금 제가 하는 것처럼 땅바닥에 나자빠져서
아직 파지도 않은 무덤의 깊이를 재게 될 거예요.
(문 두드리는 소리.)

로런스　일어나 봐, 누가 문을 두드리고 있어. 착한 로미오, 몸을 숨기게.

로미오　숨지 않을래요. 비통한 가슴의 신음 소리가 마치 안개처럼 감싸
사람들의 눈으로부터 저를 감춰 준다면 몰라도요.

(문 두드리는 소리.)

로런스 문 두드리는 소릴 들어 봐! ─ 누구십니까? ─ 로미오, 일어
나게.

이러다 잡힐라. ─ 잠깐 기다리시오! ─ 일어나라니까.

(크게 문 두드리는 소리.)

내 서재로 어서 피하게. ─ 곧 갑니다! ─ 원, 도대체

이 무슨 바보 같은 짓이냐? ─ 갑니다, 간다니까요!

(문 두드리는 소리.)

누가 이렇게 세게 문을 두드리는 거지? 어디서 오셨소? 무슨 일
이오?

유모 좀 들어가게 해 주세요, 그럼 제 용건을 말씀드릴게요.

전 줄리엣 아가씨한테서 왔거든요.

로런스 그럼 환영이오.

유모 등장.

유모 오, 성스러운 신부님! 말씀해 주세요, 성스러운 신부님.

우리 아가씨 서방님은 어디 계시나요? 로미오 님은 어디 계세요?

로런스 저기 바닥에, 자기가 흘린 눈물에 취해 쓰러져 있소.

유모 아! 우리 아가씨와 똑같군요.

꼭 저 모양입니다. 아, 똑같은 비통!

가련한 곤경! 아가씨도 꼭 저렇게 쓰러져서

울고불고, 불고울고 하고 있다니까요.

일어나세요, 일어나요! 일어서야죠, 사내대장부라면!

줄리엣을 위해서, 아가씨를 위해서, 일으켜 세우세요!

어쩌자고 그렇게 '오!'에만 빠져 계시는 겁니까?*

로미오 유모!

(일어선다.)

유모 아, 도련님, 아, 도련님! 죽으면 만사 끝입니다요.

로미오 줄리엣 얘기를 하고 있소? 아가씨는 어떻소?

날 상습적인 살인범으로 생각하진 않겠지?

이제 갓 시작한 우리의 행복을

아가씨와 가까운 친척의 피로 더럽히고 말았으니.

지금 아가씨는 어디 있소? 어떻게 하고 있소?

망쳐진 우리 사랑에 대해 숨겨진 내 아내는 뭐라 합니까?

유모 아무 말도 않으세요, 도련님. 그저 울고 또 울고 계십니다.

침대에 쓰러져 계시다가, 벌떡 일어나

티볼트를 부르다가, 그다음엔 로미오를 외치시고,

또 그러다가는 다시 쓰러지신답니다.

로미오 마치 죽으려고 겨눈 총구에서 그 이름이 튀어나와

아가씨를 죽인 것 같군.

그 이름을 가진 자의 저주받을 손이 그녀의 친척을 죽였으니.

아, 말씀해 주세요, 신부님, 말씀해 주세요.

이 몸의 어느 타락한 부분에

제 이름이 자리 잡고 있는 건가요? 말씀만 해 주세요,

제가 그 저주스러운 집을 약탈해 버리겠어요.*

(칼로 자신을 찌르려 하자, 유모가 단검을 가로챈다.)

로런스   자포자기의 손을 멈춰!

자네가 사내자식인가? 겉모습은 그렇다고 외치지만,

자네 눈물을 보니 여인네인 듯싶고, 자네의 난폭한 행동은

이성 없는 짐승의 분노와 다를 바 없어.

겉으론 사내처럼 보이나 여자라 해도 흉한 행동을 하질 않나,

인간의 모습을 하고서도 괴이한 짐승같이 굴질 않나,

그런 자네에게 난 기가 막히네.

맹세코, 난 자네 성품이 균형 잡힌 줄로 생각했어.

자넨 티볼트를 죽이지 않았나? 그런데 이젠 자신까지 죽이겠다고?

그래서 자네가 살아야 살 수 있는 자네 아내까지 죽이겠다고?

어째서 자넨 자네의 출생을 저주하고, 하늘과 땅을 저주하는 거지?

부모에 의한 출생, 하늘의 영혼, 땅의 육신, 이 셋이 한때 함께 만나

자네란 생명이 존재하게 되었는데,

자넨 그걸 한꺼번에 없애겠다니.

그만둬, 그만! 자네 용모와 사랑과 지혜가 부끄럽지 않나?

고리대금업자처럼 모든 걸 넘치게 갖고 있으면서

자네 용모와 사랑과 지혜를 빛내 줄 진정한 사용처에는

그것을 전혀 쓰지 않다니.*

사내다운 용기로부터 멀어지면

자네의 훌륭한 용모도 밀랍 인형에 불과할 뿐이야.

자네가 맹세한 애틋한 사랑도, 소중하게 간직하겠다고 서약한

그 사랑을 죽인다면 속이 텅 빈 거짓 맹세가 되고 말지.

용모와 사랑의 장식물이 될 자네의 지혜도

이 둘의 행동을 잘못 인도하게 되면,

마치 미숙한 병사의 화약통 속에 든 화약처럼

자신의 무지 때문에 불이 붙어

자네를 지켜야 할 것이 도리어 자네의 사지를 찢게 돼.

그러니 자, 기운을 내게. 좀 전까지 그녀를 위해서라면

죽어도 좋다던 자네의 줄리엣이 살아 있질 않나.

그 점에서 자넨 운이 좋은 거야.

티볼트가 자넬 죽일 뻔했는데 자네가 티볼트를 죽였으니

그 점도 자네의 운이 좋은 거고.

사형으로 위협하던 국법이 자네의 친구가 되어

사형을 추방으로 바꿔 놨으니, 그 또한 자네의 운이 좋고.

이처럼 축복의 보따리가 자네 등에 내려앉고,

행운의 여신도 제일 멋지게 차려입고 자네에게 구애하고 있어.

그런데 자넨 마치 버릇없고 퉁명스러운 계집애처럼

자네의 행운과 사랑을 두고 뿌루퉁한 얼굴을 하고 있잖아.

조심하게, 조심해. 그러다간 비참하게 죽기 십상이지.

자, 예정대로 자네의 사랑이 기다리고 있는 곳에 가서

그녀의 신방으로 올라가게. 어서 가서 신부를 위로해 줘야지.

하지만 야경꾼이 배치될 때까지 머물지 않도록 조심해야 하네.*

그렇게 늦장 부리면 만투아로 가지 못할 테니까.

자넨 그곳에 머물러 있게. 우리가 때를 봐서

자네들의 결혼을 세상에 알리고, 자네 두 집안을 화해시키고,

영주님께 사면을 간청하여 자네를 다시 불러들일 수 있을 때

까지.

그럼 슬픔에 젖어 자네가 떠날 때보다

십만 배, 백만 배 더한 기쁨으로 돌아올 수 있을 걸세.

유모는 먼저 가시오. 아가씨에게 내 안부를 전해 주고,

온 집안 식구들을 일찍 잠자리에 들게 하라고 이르시오.

깊은 슬픔에 잠겨 있으니 식구들이 쉽게 잠들 거요.

로미오도 곧 갈 거요.

유모   아, 하느님, 이런 좋은 말씀을 들을 수만 있다면

밤새 여기 머무를 수도 있겠네요. 와, 학식이란 대단한 거군요.

도련님, 그럼 도련님이 오실 거라고 아가씨께 전하지요.

로미오   그렇게 해 주오. 내 사랑에게 날 나무랄 준비도 하라고 전

해 주시오.

(유모가 나가려다 말고 돌아선다.)

유모   도련님, 여기 아가씨가 전해 드리라고 한 반지가 있어요.

어서 서두르세요. 밤이 깊어 가고 있으니.

로미오   이 반지를 받으니 정말 기운이 불끈 살아나는구나.

(유모 퇴장.)

로런스   어서 가 보게, 잘 가게. 자네 미래 운은 여기에 달려 있네.

야경꾼이 배치되기 전에 떠나든지,

아니면 날이 샐 무렵 변장을 하고 여길 벗어나야 하네.

만투아에 머물러 있게. 자네 하인과 연락해서

여기서 일어나는 좋은 소식은 모두 그를 통해

자네에게 시시각각 알려 줄 터이니.

악수하세. 밤이 깊었네. 잘 가게, 잘 자고.

로미오 다른 어떤 기쁨보다 더한 기쁨이 절 부르는 게 아니었으면,

이렇게 급히 신부님과 헤어지는 게 무척 슬펐을 거예요.

안녕히 계세요.   (모두 퇴장.)

4장

[베로나, 캐풀렛 저택]

캐풀렛, 캐풀렛 부인, 패리스 등장.

캐풀렛 백작, 너무도 뜻밖에 불행한 일이 일어난 바람에

딸애에게는 말을 꺼낼 겨를이 없었소.

아시겠지만 딸애는 외사촌 티볼트를 무척 좋아했답니다.

나 역시 마찬가지였고. 하기야 누구나 태어나면 죽게 마련이죠.

밤이 꽤 깊었군요. 딸애는 오늘 밤 내려오지 않을 겁니다.

분명히 말씀드리는데, 백작과 만나는 일이 아니라면

나도 한 시간 전에 이미 잠자리에 들었을 겁니다.

패리스   이렇듯 슬픔에 잠겨 있는 때는 청혼할 때가 못 되겠지요.

　　그럼, 부인, 안녕히 주무십시오. 따님께 안부나 전해 주십시오.

캐풀렛 부인   그러지요. 내일 아침 그 애의 마음을 알아볼게요.

　　오늘 밤은 온통 슬픔에 갇혀 있답니다.

　　(패리스가 가려 하자, 캐풀렛이 다시 그를 부른다.)

캐풀렛   패리스 백작, 딸애의 사랑을 당신에게 드리겠다고

　　감히 제안하오. 그 애는 내 말이라면

　　뭐든 따를 것이라 생각하니. 아니, 따르다 뿐이겠소.

　　그 이상이라는 걸 의심하지 않는다오.

　　부인, 잠자리에 들기 전에 그 애에게 가서

　　우리 사위가 될 패리스 백작의 사랑을 알려 주시오.

　　그리고 그 애에게 이르시오. ─내 말 듣고 있소?─오는 수요

일에 ─

　　그런데 잠깐, 오늘이 무슨 요일이더라?

패리스   월요일입니다.

캐풀렛   월요일이라! 흠, 흠!

　　아니, 수요일은 너무 이른 것 같군.

　　그럼 목요일로 합시다. ─ 딸애에게, 목요일에

　　이 훌륭한 백작과 결혼식을 올리게 될 거라고 이르시오.

　　백작께선 준비가 되겠소? 이렇게 서둘러도 좋으시겠소?

　　글쎄, 야단스러운 잔치를 벌이진 않고, 친구 한둘 정도만.

　　티볼트가 죽은 지 얼마 되지도 않았는데

　　너무 성대한 잔치를 벌이면

친척인 고인을 소홀히 대접한다고 흉잡힐지 모르는 거 아니오.

그러니 우린 친구 대여섯 정도만 초대하고

그것으로 끝이오. 그런데 목요일에 대해선 어떻게 생각하시오?

패리스   저는 목요일이 바로 내일이면 좋겠습니다.

캐풀렛   좋소, 그럼 안녕히 가시오. 목요일로 정합시다.

부인, 당신은 잠자리에 들기 전에 줄리엣에게 가서 이르고

이 결혼식에 대비해 준비를 시키시오.

잘 가시오, 백작. 여봐라, 내 방에 불을 밝혀라!

이런! 밤이 너무 깊어 곧 아침이라고 불러야겠군.

안녕히 가시오.   (모두 퇴장.)

5장

[베로나, 캐풀렛 저택의 정원]

로미오와 줄리엣이 위쪽 창가에서 등장.

줄리엣   가셔야 하나요? 날이 밝으려면 아직 멀었는데.

염려하는 당신 귀를 뚫을 듯 들려온 그 소리는

종달새가 아니라 소쩍새 소리였어요.*

밤마다 소쩍새는 저 건너 석류나무에서 노래한답니다.

정말이에요, 내 사랑, 그건 소쩍새였다니까요.

로미오   그건 아침을 알리는 전령 종달새였고,

소쩍새가 아니었다오. 잘 봐요, 내 사랑. 심술궂은 빛줄기가

저쪽 동녘 하늘에 갈라진 구름 사이를 장식하고 있잖아요.

밤하늘의 촛불들*도 다 타 버리고, 유쾌한 아침이

안개 낀 산마루 위에서 발끝으로 서 있군요.

난 당장 떠나서 목숨을 부지하든지, 머물러 죽든지 해야 하오.

줄리엣   저 빛은 햇빛이 아니랍니다. 제가 잘 알아요.

그건 당신이 만투아로 가시는 길을 밝혀 드리기 위해

오늘 밤 당신에게 횃불잡이가 되게 해 주려고

태양이 토해 내는 유성이에요.

그러니 더 머물러 계세요. 당장 떠나실 필요가 없어요.

로미오   난 붙잡히든 사형을 당하든 상관없소.

그대가 원하는 것이라면 난 그걸로 족하오.

저기 회색빛은 아침의 눈이 아니라

달의 여신 킨티아*의 얼굴에서 반사된 창백한 빛이라고 말하

겠소.

우리 머리 위 아주 높이 창공을 울리며 노래하는 것이

종달새가 아니라 소쩍새라고 말하겠소.

나도 떠나기보다는 머물고 싶은 생각이 간절하다오.

죽음이여, 오너라. 반갑게 맞으마. 줄리엣이 그리 원한다니.

내 영혼이여, 어떻소? 얘기나 합시다. 아직 날이 밝진 않았소.

줄리엣   아뇨, 아뇨, 여길 떠나세요. 어서 가세요, 어서!

저렇게 거친 불협화음과 듣기 싫은 높은 소리를 쥐어짜며

곡조에도 안 맞는 노래를 하는 건 종달새랍니다.

종달새가 감미로운 선율을 자아낸다고들 하지만

이번은 그렇지 않네요. 이렇게 우리 사이를 갈라놓으니까요.

종달새와 징그러운 두꺼비가 서로 두 눈을 바꾼다고들 하던데,

아, 이제 보니 소리도 서로 바꾸면 좋겠어요.

저 소리가 우릴 놀라게 해 서로의 품에서 떨어지게 하고,

사냥꾼을 깨우는 아침 노래로 당신을 이곳에서 몰아내니까요.

아, 이제 떠나세요. 날이 점점 밝아 오고 있어요.

로미오 날이 점점 밝아 올수록, 우리의 슬픔은 점점 캄캄해 가는 구나.

유모 바삐 등장.

유모 아가씨!

줄리엣 유모?

유모 어머님께서 아가씨 방으로 오고 계십니다.

날이 밝았어요. 조심하시고, 잘 살피세요.　　　　　　(퇴장.)

줄리엣 그럼, 창문아, 낮은 안으로 들이고 목숨은 밖으로 내보내라.*

로미오 잘 있어요, 잘 있어! 한 번만 키스하고 난 내려가겠소.

(그가 아래로 내려간다.)

줄리엣 그렇게 떠나시나요, 내 사랑, 내 주인, 내 남편, 내 연인?

매일 매 시간 당신 소식을 들어야만 해요.

1분이 며칠 같을 테니까요.

아, 이렇게 시간을 셈하면, 내 로미오를 다시 보기도 전에
난 폭삭 늙어 버리겠구나.

로미오　(아래에서) 잘 있어요!

내 사랑, 당신에게 내 소식을 전해 줄 기회를
단 한 번이라도 절대 놓치지 않겠소.

줄리엣　아, 우리가 언젠가 다시 만나게 되리라 생각하시나요?

로미오　믿어 의심치 않소. 그리고 이 모든 슬픔은
우리가 다시 만나는 날 달콤한 얘깃거리가 될 것이오.

줄리엣　오, 하느님! 전 불길한 예감이 듭니다.

지금 당신이 저 아래 계시는 모습을 보니
마치 무덤 바닥에 누운 죽은 사람 같다는 생각이 드네요.
제 시력이 나빠서이거나 당신 안색이 창백해 보여 그렇겠죠.

로미오　내 사랑, 내 눈에도 당신이 그렇게 보인다오.

목마른 슬픔이 우리의 피를 빨아 마시나 보오. 안녕, 안녕히!

(퇴장.)

줄리엣　아, 운명의 여신이여! 운명의 여신이여! 모두들 당신을 변덕
스럽다고 하죠.

당신이 변덕스럽다 한들, 그분은 변치 않기로 이름난 분이니
당신과 무슨 상관이 있겠어요?
운명의 여신이여, 변덕을 부려 보아요!
그래야 당신이 그분을 오래 붙잡아 두지 않고
돌려보내리라는 희망이 내게 생길 테니까.

캐풀렛 부인　(안에서) 애, 딸애야, 일어났느냐?

줄리엣 날 부르는 분이 누굴까? 어머니로구나.

이렇게 늦도록 안 주무신 건가, 아니면 일찍 일어나신 건가?

무슨 심상찮은 일이 있어 이리 오시는 걸까?

(그녀가 창가에서 아래로 내려온다.)

캐풀렛 부인 등장.

캐풀렛 부인 그래 줄리엣, 이제 좀 어떠냐?

줄리엣 어머니, 괜찮지 않습니다.

캐풀렛 부인 사촌 오빠의 죽음 때문에 계속 울고만 있을 거냐?

도대체 넌 무덤 속의 오빠를 눈물로 떠내려 보낼 셈이냐?

그런다 해도 그를 살려 낼 수는 없어.

그러니 그만해라. 적당히 슬퍼하는 건 애정이 많다는 표시지만,

지나치게 슬퍼하는 건 언제나 분별력이 모자라다는 표시란다.

줄리엣 하지만 이런 상실감을 느낄 땐 울게 놔 주세요.

캐풀렛 부인 네가 그토록 상실감을 느낀다 해도,

네가 울어 주는 그 친구가 살아나는 건 아니지 않느냐.

줄리엣 상실감을 느끼게 되면 그 친구를 위해

계속 울지 않을 수가 없답니다.

캐풀렛 부인 그래, 얘야, 넌 오빠의 죽음이 슬퍼서라기보다

오빠를 살해한 그 악당이 살아 있다는 것 때문에 우는 거지?

줄리엣 악당이라뇨, 어머니?

캐풀렛 부인 로미오라는 그 악당 말이다.

줄리엣 (방백) 그분과 악당은 거리가 멀어도 너무 멉니다.

하느님! 용서해 주소서. 저는 진심으로 그렇답니다.

하지만 그자만큼 제 마음을 슬프게 하는 사람은 없어요.

캐풀렛 부인 그 반역자 같은 살인범이 살아 있기 때문에 그런 것

이지.

줄리엣 예, 어머니. 이 손이 닿을 수 없는 곳에 있기 때문이죠.

죽은 사촌 오빠의 복수를 제 손으로 할 수 있으면 좋겠네요.

캐풀렛 부인 걱정 마라. 우리가 그 원수를 갚고야 말 테니.

그러니 더는 울지 마. 추방당한 그 도망자가 살고 있다는

만투아로 내가 사람을 보내 그자에게 비상한 독약을 먹이도록

만들어

당장 티볼트와 황천길을 동행하게 해 주고 말겠어.

그럼 너도 만족할 게 아니냐.

줄리엣 정말 저는 절대로 로미오에게 만족 못할 겁니다.

제가 그를 보기 전에는요, 죽은 모습을요.

가련한 제 마음은 친척 때문에 무척 괴롭습니다.

어머니, 어머니께서 독약을 가져갈 사람을 찾아내시게 되면,

제가 그 독약을 제조하겠어요.

그래서 로미오가 그걸 마시자마자

곧 조용히 잠들도록요.

아, 얼마나 제 가슴이 찢어지는지 몰라요.

그의 이름이 불리는 소리를 듣고도 그에게 갈 수 없다니,

사촌 오빠에 대한 사랑을 오빠를 죽인 그의 몸뚱이에 대고

맘껏 표현할 수 없다니요!*

캐풀렛 부인   제조 방법을 알아내 봐. 그럼 내가 독약을 가져갈 사람

　을 찾아보마.

　그건 그렇고, 애야, 네게 기쁜 소식을 전해 주러 왔다.

줄리엣   이렇게 슬플 때 기쁨이 찾아와 주니 다행이네요.

　무슨 소식이죠? 어머니, 말씀해 주세요.

캐풀렛 부인   그래, 애야, 네 아버지는 널 몹시 아끼시는구나.

　네 슬픔을 덜어 주기 위해서

　갑자기 깜짝 놀랄 기쁜 날을 택하시는 그런 분이셔.

　넌 예기치 못한 일일 테고, 나도 짐작 못했던 일이란다.

줄리엣   때맞춰 다행이네요. 어머니, 그게 무슨 날이죠?

캐풀렛 부인   글쎄, 애야, 오는 목요일 아침 일찍

　저 늠름하고 젊고 고귀한 신사,

　패리스 백작이 성 베드로 교회에서

　널 기쁨에 벅찬 신부로 행복하게 맞이할 것이야.

줄리엣   성 베드로 교회와 베드로 성자님께 맹세코,

　그분은 절 기쁨에 벅찬 신부로 맞이할 수 없을 거예요.

　왜 이렇게 서두르는지, 남편 될 사람이 구혼하러 오기도 전에

　왜 제가 결혼해야 하는지 의아할 따름입니다.

　제발 부탁이에요, 어머니.

　아버지께 저는 아직 결혼할 생각이 없다고 말씀드려 주세요.

　제가 꼭 결혼해야 한다면, 패리스 백작과 하느니

　차라리 제가 증오한다고 어머니가 알고 계시는 로미오와 하겠

어요.

이것이 기쁜 소식이랍니까?

캐풀렛 부인   저기 마침 아버지가 오시는구나. 네가 직접 여쭤 봐라.

아버지가 네 말을 어떻게 받아들이시는지 보렴.

캐풀렛과 유모 등장.

캐풀렛   해가 지면 땅이 이슬방울을 떨구는 법이지만

내 조카의 목숨이 해가 지듯 스러지니 폭우가 쏟아지는구나.

어찌 되었느냐, 이 분수대 같은 아이야?

아니, 여태 눈물 바람이냐? 계속 눈물 소나기를 쏟아부을 셈

이냐?

네 조그만 몸뚱이 하나로 배도 되고, 바다도 되고,

바람도 되겠다는 거로구나.

내가 바다라 불러도 좋을 만한 네 눈에선 줄곧

눈물의 밀물과 썰물이 왔다 갔다 하지 않느냐 말이다.

네 몸뚱이는 배와 같아서

이 짜디짠 눈물의 바다를 항해하고,

네 한숨은 바람이라서

네 눈물과 함께 휘몰아치고,

네 눈물 또한 네 한숨과 함께 치솟아 오르니,

당장 바람이 잦아들지 않으면

폭풍우에 시달리는 네 몸뚱이 배는 뒤집히고 말겠다.

어찌 되었소, 부인?

딸애에게 내 결정을 알려 주었소?

캐풀렛 부인 예. 그런데 결혼은 않겠답니다, 감사하긴 하지만.

저 바보가 무덤하고나 결혼하는 게 낫지 싶어요.

캐풀렛 잠깐. 알아듣게 말해 봐요, 알아듣게 말요, 부인.

뭐라고? 결혼을 않겠다고? 고마운 줄도 모르고?

자기한테 과분한 영광인 줄도 모르고?

별 볼 일 없는 주제에 우리가 애써서

그토록 훌륭한 신사를 배필로 정해 줬는데도

자기가 복 받은 줄을 모른다는 거야?

줄리엣 영광으로는 생각하지 않습니다, 감사하긴 합니다만.

제가 싫어하는 것을 결코 영광이라고 여길 순 없습니다.

하지만 싫은 일이어도 절 사랑해서 하신 것이라 감사하게는 여깁니다.

캐풀렛 뭐, 뭐, 뭐라고? 무슨 말도 안 되는 궤변이냐? 뭣이 어째?

'영광'이라느니 '감사하다'느니 '감사하지 않다'느니,

그러고는 또 영광이 아니라고? 너 이 버릇없는 것,

감사라느니 영광이라느니 다 집어치우고,

이번 목요일에 패리스와 같이 성 베드로 교회로 갈 수 있게

네 잘난 다리나 잘 준비해 둬라.

그렇게 안 하면, 널 형틀 수레에라도 매어 질질 끌고 갈 테다.

썩 물러가라, 이 푸르뎅뎅한 송장 같은 것!

물러가, 이 건방진 것! 이 밀초같이 창백한 낯짝아!

캐풀렛 부인　그만하세요, 그만! 아니, 당신 미쳤어요?

줄리엣　아버지, 이렇게 무릎 꿇고 애원합니다.

부디 진정하시고 제 말 한마디만 들어주세요.

(줄리엣이 무릎을 꿇는다.)

캐풀렛　목이나 매고 죽어 버려라. 어리고 건방진 것, 불효막심한 계집!

분명히 말하마. 목요일에 교회로 가든지,

그게 싫으면, 다시는 내 면전에 얼씬거리지도 마.

내게 말도 꺼내지 말고, 대꾸하지도 말고, 대답하지도 마.

패 주고 싶어 손끝이 근질근질하구나.

부인, 하느님께서 우리에게 달랑 딸년 하나만 주신 걸

복이라고 생각을 못했는데,

이제 보니 하나도 너무 많아.

게다가 이런 딸년을 두어 욕을 보잖소.

썩 물러가라, 꼴도 보기 싫은 못된 것!

유모　아가씨가 가엾기도 하시지!

나리마님, 아가씨를 이렇게 나무라시니 너무하시네요.

캐풀렛　뭐라는 거야, 유식한 귀부인이 납셨나? 조용히 못해?

잘난 여편네야, 떠들려면 수다쟁이 패거리랑 그렇게 해. 꺼져.

유모　제가 무슨 몹쓸 말을 한 게 아닙니다요.

캐풀렛　어서 사라져 버리라니까!

유모　말도 못합니까요?

캐풀렛　닥쳐라, 함부로 주둥일 놀리는 천치 같으니!

그따위 심각한 설교는 수다쟁이들이랑 술 퍼마시며 지껄여!

여기선 필요 없으니까.

캐풀렛 부인 너무 심하게 화를 내고 계세요.

캐풀렛 빌어먹을, 사람 미치게 만들잖아!

낮이나 밤이나, 일할 때나 놀 때나,

혼자 있을 때나 사람들과 같이 있을 때나,

난 항상 딸년의 혼사를 걱정하고 있었어.

그런데 이제 귀한 가문 출신에, 물려받은 영지도 상당하고,

나이도 젊고, 조상도 훌륭하시고,

사람들 말마따나 멋진 자질들을 두루 겸비하여

누구나 저런 사람이면 좋겠다고 생각하는

모든 걸 다 균형 있게 갖춘 신사를 신랑감으로 구해 주니,

글쎄, 저 찔찔 짜기나 하는 못난 바보가

징징 울어 대는 꼭두각시 인형 같은 저것이

자기 분에 넘치는 복인 줄도 모르고,

'결혼하지 않겠어요, 사랑할 수 없어요,

전 너무 어려요, 제발 용서해 주세요' 어쩌고 대꾸하다니.

하지만 영영 결혼하지 않겠다면 내 널 용서해 주지.

어디 가서 풀을 뜯어 먹고 살든지 알아서 해.

단, 내 집에 살게 할 순 없다.

이 점을 명심하고 잘 생각해. 나, 농담 일삼는 사람 아니다.

목요일이 며칠 남지 않았으니, 가슴에 손을 얹고 잘 생각해 봐.

네가 내 자식이라면 내 마음에 드는 사람에게 널 줄 것이고,

그게 아니라면 목을 매든, 빌어먹든, 굶어 죽든, 길에서 죽든,
맘대로 해.

그렇다면 맹세코 나도 널 내 자식으로 인정하지 않을 것이고,

내 재산도 네겐 아무 소용이 없게 될 것이야.

진담이니, 잘 생각해 봐. 난 나중에 딴소리하지 않는다.   (퇴장.)

줄리엣   제 슬픔의 바닥을 들여다보시는 자비의 신이

저 구름 속에 앉아 계시지 않는단 말인가요?

아! 인자하신 어머니, 절 저버리지 말아 주세요.

이 결혼을 한 달만, 아니 일주일만이라도 연기해 주세요.

만일 그게 안 되면, 차라리 티볼트 오빠가 누워 있는

저 컴컴한 지하 납골당 안에 제 신방을 만들어 주세요.

캐풀렛 부인   나한테 말하지 마라. 한마디도 하고 싶지 않다.

네 뜻대로 해. 네 일에선 손을 뗄 테니까.   (퇴장.)

줄리엣   오, 하느님! 오, 유모! 어떻게 이 일을 막을 수 있어?

내 남편은 지상에 살아 있고, 내 결혼 서약은 하늘에 있잖아.

그 남편이 지상을 떠나 하늘나라에서

그 서약을 내게 돌려주지 않는 한

어떻게 그 서약이 지상으로 다시 돌아올 수 있겠어?*

날 좀 위로해 줘요. 어떻게 해야 할지 가르쳐 줘.

아이고! 아이고! 하늘이 나처럼 힘없는 사람에게

이렇듯 가혹한 음모를 꾸며 괴롭히다니!

뭐라고 말 좀 해 봐요! 위로가 될 한마디 뭐 없어?

유모   예, 있고말고요.

로미오 님은 추방당했고,

감히 아가씨를 아내로 주장하기 위해

다시 돌아올 수 없다는 건 틀림없는 사실이지요.

설령 오신다 해도 비밀리에 오실 수밖에 없어요.

사정이 이러하니,

아가씨가 백작과 결혼하는 것이 상책이라고 생각합니다요.

아, 그분은 정말 멋진 신사분이세요!

로미오 님은 그분에 비하면 걸레 조각이라고나 할까요.

아가씨, 독수리도 패리스 백작의 눈같이

그렇게 푸르고, 날쌔고, 아름다운 눈은 갖고 있지 않죠.

천벌을 받아도 좋습니다요.

제 생각에, 아가씨는 이 두 번째 결혼으로 행복하실 거예요.

이번이 첫 번째 것보다 훨씬 낫다니까요.

설령 그렇지 않다 해도

아가씨의 첫 번째 남편은 죽은 몸이잖아요.

살아 있다 해도 아가씨에겐 전혀 쓸모가 없으니

죽은 것이나 진배없잖아요.

줄리엣   유모, 진심으로 하는 말이야?

유모   진심이고말고요. 아니면 제 마음과 영혼 모두 천벌을 받아
야죠.

줄리엣   아멘!

유모   뭐라고요?

줄리엣   그래요, 유모는 정말 대단히 큰 도움을 내게 주었어.

안에 가서 어머니께 내가 나갔다고 전해 줘요.

아버지를 노엽게 했으니, 고해 성사를 하고 용서를 받으러

로런스 신부님 수도원으로 갔다고 말예요.

유모 기꺼이 그러지요. 잘 생각하셨습니다.   (퇴장.)

줄리엣 (유모가 사라진 쪽을 바라보며) 저주받을 할망구!

아, 너무도 사악한 악마!

나더러 맹세를 저버리라고 하는 게 더 큰 죄일까?

아니면 누구와도 비할 수 없는 분이라고

수천 번이나 칭찬했던 그 똑같은 혀로

내 남편을 욕한 것이 더 큰 죄일까?

가 버려라, 내 조언자여!

지금부터 당신과 내 가슴속은 둘로 나뉘어 남남이 될 것이야.*

신부님한테 가서 그분의 처방을 알아봐야겠어.

모든 게 실패한다 해도, 내게 죽을 힘은 남아 있으니.   (퇴장.)

4막

1장

[베로나, 로런스 신부의 수도원]

신부와 패리스 백작 등장.

로런스 목요일이라고 하셨소? 시일이 매우 촉박합니다.

패리스 장인 캐퓰렛 어른께서 그러겠다 하시고,
저 역시 그분이 서두르는 걸 말릴 마음이 없습니다.

로런스 백작께서는 아가씨의 심중을 모른다고 하셨는데,
일의 진행이 온당하지 못한 것 같군요. 그게 걱정됩니다.

패리스 아가씨가 티볼트의 죽음을 지나치게 슬퍼하고 있는 터라
사랑에 관해서 별로 얘기를 나눠 보진 못했습니다.
사랑의 여신 베누스도 눈물에 젖어 있는 집에서는

미소 짓지 않는 법이니까요.

그런데 신부님, 장인어른은 딸이 그렇게까지

슬픔에 휘둘리는 걸 위험하다 판단하시고,

현명하신 터라 우리의 결혼을 서둘러서

그 눈물의 홍수를 막으시려는 겁니다.

슬픔이라는 게 혼자 있으면 너무 깊이 빠져들지만

사람들과 어울리면 벗어날 수도 있으니까요.

이제 이렇게 서두르는 이유를 아셨겠지요.

로런스　(방백) 그게 늦춰져야 할 이유를 내가 모르고 있으면 좋으
　　　련만—.

　　　보시오. 저기 아가씨가 이쪽으로 오고 있소.

줄리엣 등장.

패리스　마침 잘 만났소, 내 여인 그리고 내 아내여!

줄리엣　그럴지도 모르죠. 제가 아내가 될 수 있다면요.

패리스　그럴지도 모르는 일이 오는 목요일엔 꼭 그렇게 될 거요.

줄리엣　꼭 그렇게 되어야 할 일이라면 그리되겠지요.

로런스　맞는 말입니다.

패리스　신부님께 고해 성사를 올리려고 오셨소?

줄리엣　그 물음에 답하면, 당신께 고해 성사를 올리는 게 됩니다.

패리스　그대가 나를 사랑하고 있다는 사실을 신부님께 숨기지 마
　　　시오.

줄리엣   전 그분을 사랑하고 있다고 당신께 고백합니다.*

패리스   그럼 틀림없이 그대가 나를 사랑하고 있다고 고백하겠군요.

줄리엣   만일 하게 된다면, 당신 얼굴 앞에서 하는 것보다는
          당신 등 뒤에서 하는 것이 더 값질 겁니다.

패리스   가엾게도 그대 얼굴이 온통 눈물로 망가져 있군요.

줄리엣   그렇게 해서 눈물이 거둔 승리는 별게 아니랍니다.
          눈물로 망가지기 전에도 어차피 제 얼굴은 못났으니까요.

패리스   그런 말은 눈물보다 더 그대 얼굴을 모욕하는 일입니다.

줄리엣   그건 사실이기 때문에 모욕이 될 수 없습니다, 백작님.
          제가 한 말은, 제가 제 얼굴 앞에서* 한 말이랍니다.

패리스   그대 얼굴은 내 것이니, 그래서 그대는 그것을 모욕한 게
          되오.

줄리엣   그럴지도 모르죠. 그 얼굴은 제 것이 아니니까요.*
          신부님, 지금 시간이 있으신가요?
          아니면 저녁 미사 때 찾아뵐까요?

로런스   지금 시간이 괜찮소, 슬픔에 잠겨 있는 아가씨.
          백작, 우리 둘만 있게 해 주시길 간청합니다.

패리스   고해 성사를 방해하는 일은 절대 있어선 안 되죠.
          줄리엣, 목요일 아침 일찍 깨우러 가겠소.
          그럼 그때까지 안녕히. 그리고 이 성스러운 키스를 간직해 주오.

                                              (퇴장.)

줄리엣   아, 문을 닫아 주세요. 닫으셨으면 오셔서 저랑 함께 울어
          주세요.

희망도 없고, 고칠 방법도 없고, 도움 받을 수도 없네요.

로런스 오, 줄리엣! 네 슬픔은 이미 다 알고 있단다.

내 지혜를 아무리 짜내도 어쩔 도리가 없구나.

네가 목요일에 백작과 결혼해야 한다는 것을,

어떤 것도 그것을 연기할 수 없다는 것을, 들어서 알고 있다.

줄리엣 신부님, 그 결혼을 어떻게 막을 수 있는지 제게 알려 주시

지 않을 거라면

이야기를 들어 알고 계시다는 말씀은 하지 마세요.

신부님의 지혜로도 어쩔 도리가 없는 것이라면

제 결심이 현명한 것이라고만 말씀해 주세요.

그럼 이 단검으로 당장 결판을 내겠습니다.

하느님께서 제 마음과 로미오의 마음을 맺어 주시고,

신부님께서는 저희 두 사람의 손을 맺어 주셨어요.

로미오의 손과 맺어 주신 이 손이

다른 증서에 보증을 서는 봉인이 되기 전에,

혹은 제 순정이 반역을 일으켜 다른 사내에게 향하기 전에,

이 단검으로 제 손과 마음 둘 다 처치해 버리겠어요.

그러니 신부님의 오랜 인생 경험에서 우러나오는

무슨 방도를 제게 일러 주세요. 아니면 지켜보시든가요.

제 절박한 처지와 제 자신 사이에서 이 끔찍한 단검이

신부님의 연륜과 수완의 권위로써도

참다운 명예로운 해결책을 찾아낼 수 없는 그 문제를 결판내 줄

심판관 노릇을 하게 될 테니까요.

어서 말씀해 주세요. 신부님 말씀이 아무런 치유책이 되지 않
는다면

전 차라리 죽기를 바랄 뿐입니다.

로런스　잠깐, 애야. 일말의 희망이 엿보이기는 하다만,

우리가 막아 내야 하는 일이 필사적인 만큼

그 방책을 강구하는 일 역시 필사적인 노력이 필요하단다.

네가 패리스 백작과 결혼하느니

차라리 자결하겠다는 굳건한 의지를 가졌다면,

이런 치욕을 모면하기 위해 죽음과 다름없는 일을

기꺼이 감행할 것도 같구나.

말하자면 치욕에서 도망치기 위해 죽음과 맞서 보자는 뜻이다.

네가 감히 그렇게 하겠다고 하면, 방법을 알려 주겠어.

줄리엣　아, 패리스 백작과 결혼하느니 차라리 제게

어떤 탑이든 그 탑의 흉벽에서 뛰어내리라고 하세요.

도둑들이 우글거리는 길을 걸으라고 하시든가,

뱀들이 득시글대는 곳에 숨으라고 하세요.

으르렁거리는 곰과 함께 절 쇠사슬로 묶어 두시든지,

깜깜한 밤에 덜거덕거리는 송장들의 뼈와

냄새 지독한 정강이뼈와 턱이 떨어져 나간 누런 해골들이 꽉
차 있는

납골당 속에 절 가둬 놓으시든가요.

아니면 저더러 새로 만든 무덤 속에 들어가

수의로 감싼 시체와 함께 숨어 있으라고 하세요.

그런 일은 이야기만 들어도 절 벌벌 떨리게 하지만—

그게 사랑하는 사람에게 절개를 지키는 아내로 살 수 있는 방법이라면

아무 두려움이나 의심 없이 하겠어요.

로런스   그렇다면 잠깐만. 집으로 가서 유쾌한 태도로

패리스의 결혼을 받아들이겠다고 말해.

수요일이 내일이야.

내일 밤에는 꼭 혼자 자야 한다.

유모가 네 방에서 함께 자지 않도록 하고.

이 약병을 갖고 가서 잠자리에 들 때

온몸에 스며드는 효력이 있는 이 물약을 다 마셔라.

그럼 곧 혈관 전체를 통해

졸음이 오게 하는 싸늘한 액체가 퍼져 나가

맥박이 원래대로 뛰지 않고 멈출 것이고,

체온은 내려가고 호흡도 정지되어

네가 산 사람이라고 할 수 없게 되는 거지.

네 장밋빛 입술과 뺨은 시들어

허연 잿빛으로 변하고, 죽음이 생명의 빛을 막아 버리듯

네 눈의 창문인 눈꺼풀도 닫히게 될 거야.

탄력을 잃은 네 신체의 각 부분은

굳어 뻣뻣해지고 싸늘해져 죽은 것처럼 보일 거고.

이렇게 오그라든 가사(假死) 상태에서

마흔두 시간이 경과하면[*]

마치 상쾌한 잠에서 깨어나듯 눈을 뜨게 될 거야.

하지만 새신랑이 아침에 잠자리로 널 깨우러 올 땐*

넌 죽은 듯이 있게 되겠지.

그러면 이 나라의 관습에 따라 네게 가장 좋은 옷을 입히고

얼굴을 가리지 않은 채 관대(棺臺) 위에 눕혀

캐풀렛 집안의 조상들이 대대로 누워 있는

바로 그 유서 깊은 지하 납골당으로 널 데려갈 것이다.

그동안 나는 네가 깨어날 때를 대비하여

로미오에게 편지로 우리의 계획을 알리고

이곳으로 오게 하겠어.

그와 나는 네가 깨어나는 것을 지켜본 뒤,

바로 그날 밤으로 로미오가 널 여기서 만투아로 데려갈 거야.

그럼 너는 당장 코앞에 닥친 치욕에서 벗어나게 되는 거지.

이 일을 실행에 옮길 때 변덕이나 여인네의 공포심 때문에

용기를 잃는 일이 절대 없다면 말이다.

줄리엣 주세요, 어서요! 아, 제게 공포심 같은 건 말씀하지 마세요!

로런스 그만하고, 이제 가 보거라.

마음 단단히 먹고, 이 일을 잘 치러 내야 한다.

나는 급히 신부 한 사람을 만투아로 보내

네 남편에게 편지를 전해야겠다.

줄리엣 사랑이여, 내게 힘을 다오! 힘이 있으면 해결 방도가 생기
겠지.

안녕히 계세요, 자애로운 신부님!   (모두 퇴장.)

2장

[베로나, 캐풀렛의 저택]

캐풀렛, 캐풀렛 부인, 유모, 두어 명의 하인들 등장.

캐풀렛   여기 적혀 있는 수대로 손님을 초대해.   (하인 1 퇴장.)
　　여봐라, 넌 가서 솜씨 좋은 요리사 스무 명을 불러오너라.*

하인 2   엉터리는 한 명도 없을 겁니다, 나리. 자기 손가락을 핥을
　　줄 아는지* 제가 시험해 볼 테니까요.

캐풀렛   어떻게? 그렇게 하면 그자들을 시험해 볼 수 있단 말이냐?

하인 2   걱정 마십쇼, 나리. 자기 손가락을 핥을 줄 모르는 자는 엉
　　터리 요리사입죠. 그러니 그런 자는 단 한 놈도 데려오지 않습죠.

캐풀렛   그럼, 어서 가 봐.   (하인 2 퇴장.)
　　이러다 영 준비가 제대로 되지 않겠는데.
　　그런데 딸애는 로런스 신부에게 간 건가?

유모   예, 그렇습니다.

캐풀렛   그래, 혹시 신부가 그 애를 잘 타이를지도 모르겠군.
　　고집불통에 제멋대로인 바보 같으니라고.

유모   보세요, 아가씨가 고해 성사를 마치고 즐거운 표정으로 돌아
　　오네요.

줄리엣 등장.

캐풀렛 어찌 되었느냐, 이 고집쟁이, 어디를 헤매다 오는 길이냐?

줄리엣 불효막심하게도 아버지와 아버지의 명령을 거역한 죄를 뉘

우치고,

여기 이렇게 무릎 꿇고 엎드려 아버지께 용서를 빌라고 하는

로런스 신부님의 분부를 받고 왔습니다.

(무릎을 꿇는다.)*

부디 용서해 주세요.

앞으로는 아버지의 분부대로 따르겠습니다.

캐풀렛 백작에게 사람을 보내 이렇게 알려 드려라.

하루 앞당겨 내일 아침에 결혼식을 올려 연분의 매듭을 짓겠

노라고.

줄리엣 로런스 신부님 수도원에서 젊은 백작님을 만났습니다.

처녀로서의 도리를 넘지 않으면서

어울리는 만큼의 제 사랑을 그분께 보여 드렸습니다.

캐풀렛 그래, 희소식이로구나. 잘했다. 일어나거라.

당연히 그래야지. 난 백작을 만나 봐야겠다.

여봐라, 가서 백작을 이리로 모셔 오라지 않느냐.

정말이지, 베로나의 모든 시민들이 이 성스러운 신부님의

덕을 톡톡히 보고 있구나.

줄리엣 유모, 내 방으로 같이 가요.

내일 나한테 가장 알맞은 옷이랑 장신구를 고르는 걸

좀 도와줘요.

캐풀렛 부인 아니, 목요일까진 그럴 필요 없다.* 그러니 시간은 충

분해.

캐풀렛   가 보게, 유모. 저 애랑 함께 가. 우린 내일 교회에 가야 할

테니까.   (줄리엣과 유모 퇴장.)

캐풀렛 부인   준비할 시간이 부족하겠어요.

벌써 밤이 가까웠으니 말예요.

캐풀렛   원 참, 내가 이리 뛰고 저리 뛰고 하면

모든 게 다 잘될 테니 걱정 말아요, 부인.

당신은 줄리엣한테 가서 몸단장이나 도와주시오.

난 오늘 밤은 잠을 안 잘 거니까 만사를 내게 맡기시오.

이번만은 내가 안주인 노릇을 해야겠소. 여봐라!

모두 밖으로 나간 모양이군. 그래, 내가 몸소

패리스 백작에게 가서 내일 결혼식에 대비해

준비해 두라고 해야겠어.

고집쟁이 딸년이 이렇게 마음을 고쳐먹고 고분고분하니

내 마음이 놀랄 만큼 가볍구나.   (모두 퇴장.)

3장

[베로나, 캐풀렛의 저택]

줄리엣과 유모 등장.

줄리엣　그래요, 그 옷이 제일 좋겠어. 그런데 친절한 유모,

　　부디 오늘 밤은 나 혼자 있게 해 줘요.

　　유모도 알다시피, 하늘을 감동시켜서

　　비뚤어지고 죄로 가득한 내 처지를* 용서하고 미소 짓게 하려면

　　수많은 기도를 올려야만 하지 않겠어?

캐퓰렛 부인 등장.

캐퓰렛 부인　글쎄, 좀 바쁘겠지? 내가 좀 거들어 줄까?

줄리엣　괜찮아요, 어머니. 내일 결혼식에 필요한 물건들은

　　이미 다 챙겨 놨어요.

　　그러니 괜찮으시다면 이제 절 혼자 있게 해 주시고,

　　오늘 밤 유모는 어머니와 같이 지내게 해 주세요.

　　이런 갑작스러운 일로

　　분명 어머니는 무척 바쁘실 테니까요.

캐퓰렛 부인　그래, 잘 자거라.

　　잠자리에 들어 편히 쉬어. 넌 푹 쉬어야 한다.

　　　　　　　　　　　　　　　　(캐퓰렛 부인과 유모 퇴장.)

줄리엣　안녕히 가세요. 언제 다시 만나게 될지는 하느님이 아시겠

　지요.

　　현기증 나는 싸늘한 두려움이 혈관 곳곳을 돌아다니며

　　날 전율케 하고, 생명의 열기를 거의 얼어붙게 만드는구나.

　　어머니와 유모를 다시 불러 날 위로해 달라고 해야겠어.

— 유모라고! — 지금 유모가 여기서 무슨 소용이 있어?

이 무시무시한 장면에서는 나 혼자 연기를 해야 해.

자, 약병아!

만일 이 약이 전혀 듣지 않으면 어쩌지?

그럼 난 내일 아침 결혼을 해야 한단 말인가?

안 돼! 안 돼! 그건 이 단검이 막아 줄 거야. 넌 여기 있어.

(단검을 내려놓는다.)

만약 이게, 신부님이 이미 나를 로미오와 결혼시켰으니,

이번에 결혼하게 되면 신부님의 명예가 땅에 떨어지게 될까 봐

나를 죽이려고 교묘하게 조제한 독약이라면 어쩌지?

그럴까 봐 걱정이 되는구나. 하지만 그럴 리 없을 거야.

지금까지 겪어 본 바로, 신부님은 늘 성스러운 분이셨으니까.

만약 내가 무덤 속에 누워 있는데

로미오 님이 나를 구하러 오기 전에

내가 눈을 뜨게 되면 어떡하지?

그건 너무도 두려운 일이야!

그렇게 되면, 무덤의 더러운 입구에는

신선한 공기가 들어올 틈이 전혀 없다고 하는데

지하 납골당에서 숨이 막혀

로미오 님이 오시기도 전에 그곳에서 질식해 죽는 건 아닐까?

혹은 만약 내가 살아 있다 하더라도,

아무래도 이렇게 되지 않을까?

죽음과 밤이 자아내는 무시무시한 생각과

그곳이 주는 공포가 한데 어우러지면,

그곳 지하 납골당은

수백 년에 걸쳐 돌아가신

우리 선조들의 뼈가 가득 차 있는 오래된 무덤이고,

선혈이 낭자한 티볼트 오빠가 묻힌 지 얼마 안 되어

수의에 싸인 채 누워 썩고 있는 데다

사람들 말로는 종종 밤에 귀신들이 나온다고 하니,

아이고! 아이고! 아무래도 이렇게 되지 않겠어?

혹시 내가 너무 일찍 눈을 뜨면, 역겨운 냄새랑

땅에서 뽑힐 때 나는 흰독말풀의 비명 소리에,*

그 소리만 들어도 살아 있는 사람이 미치게 된다는 그런 비명 소리에

나도 미쳐 버리는 건 아닐까?

아! 만일 내가 깨어나게 되면,

이런 온갖 무시무시한 것들에 둘러싸여 실성하지 않을까?

그래서 조상들의 뼈를 갖고 미친 듯이 놀아 대고,

난도질당한 티볼트 오빠를 수의에서 끄집어내고,

이런 광란 상태에서 어느 먼 조상의 뼈를 곤봉 삼아

절망에 빠진 내 머리통을 내리쳐 부숴 버리진 않을까?

아, 저것 봐. 사촌 오빠의 유령이

칼끝으로 자신의 육신을 찌른 로미오를

찾고 있는 모습이 보이는 것 같아.

멈춰요, 티볼트 오빠, 멈춰요!

로미오, 로미오, 로미오! ─당신을 위해 축배를 들지요.

(커튼 안쪽 침대 위에 쓰러진다.)

4장

[같은 장소]

캐풀렛 부인과 약초를 든 유모 등장.

캐풀렛 부인　유모, 이 열쇠들을 갖고 가서 양념을 좀 더 가져오게.

유모　주방에서는 대추야자와 마르멜로 열매를 가져오라네요.

캐풀렛 등장.

캐풀렛　자, 어서, 어서, 서둘러! 닭이 두 번째 홰를 쳤다고!

　　새벽종이 울렸으니 벌써 3시야.

　　고기 파이를 잘 살펴야지, 안젤리카.*

　　비용은 아끼지 말고.

유모　저리 가세요, 집안일 참견하시는 나리, 저리 가시라니까요.

　　가서 좀 주무세요. 정말이지, 내일 병나시면 어쩌려고요.

　　이렇게 밤샘하시다간 ─.

캐풀렛　아니, 천만에. 전에도 이보다 못한 일로 밤샘한 적이 있지만, 병난 적은 한 번도 없었지.

캐퓰렛 부인　그래요, 한창때는 계집 꽁무니깨나 쫓아다니셨죠.

하지만 이젠 그런 밤샘은 못하시게 제가 막아야죠.

(캐퓰렛 부인과 유모 퇴장.)

캐퓰렛　저런 질투쟁이, 시샘쟁이!

쇠꼬챙이와 장작과 바구니를 든 하인 서너 명 등장.

이봐, 그건 뭐냐?

하인 1　요리사가 쓸 물건이랍니다, 나리. 뭔지는 모르겠습니다만.

캐퓰렛　빨리 가 봐, 빨리.　　　　　　　　(하인 1 퇴장.)

여봐라, 마른 장작을 가지고 오너라.

피터를 불러. 장작 있는 곳을 알려 줄 테니.

하인 2　저도 장작 찾아낼 머리 정도는 있습죠, 나리.

절대 그 일로 피터를 귀찮게 하진 않겠습니다요.

캐퓰렛　정말, 말 한번 잘했다, 웃기는 녀석, 하!

장작 대가리가 될 놈!　　(하인 2, 그리고 다른 하인들도 퇴장.)

아니 이런, 벌써 날이 밝았잖아.

백작이 악대를 데리고 곧 이리 올 텐데.

그리하겠다고 말했으니까.

(안쪽에서 음악이 들린다.)

백작이 가까이 온 모양이군.

유모! 부인! 여봐라! 원 참, 유모 없소!

유모 등장.

　　가서 줄리엣을 깨우고 몸단장을 시키게.

　　나는 가서 패리스 백작과 얘기를 나눌 테니. 어서 서둘러!

　　서두르라니까, 새신랑이 벌써 와 있어.

　　어서 서두르란 말이다.　　　　　　　　　　　　　　　(퇴장.)

5장

[같은 장소]

유모　아가씨, 아니 아가씨! 줄리엣 아가씨!

　　이 아가씨가 정말 곤히 잠드셨나 봐.

　　어린 양 아가씨! 아니, 숙녀 아가씨! 저런, 잠꾸러기 아가씨!

　　글쎄, 사랑스러운 아가씨! 귀여운 아가씨! 아니, 새색시 아가씨!

　　뭐야, 왜 아무 말이 없지? 눈곱만큼이라도 지금 더 자 두겠다
　는 건가.

　　일주일 몫이라도 자 두세요. 내 장담하지만,

　　내일 밤엔 분명 패리스 백작께서 갈 데까지 가겠다고 결심하
　실 테고,

　　그러면 아가씬 잘 수가 없을 테니까요.

　　실례지만, 정말 그렇게 될걸요. 두고 보세요, 아멘.

참 아가씨가 깊이도 잠드셨네!

아가씨를 꼭 깨워야 하는데. 아가씨, 아가씨, 아가씨!

그래요, 백작님더러 아가씨를 침대에서 모셔 가게 해야겠어요.

그분이 오시면 아가씨가 깜짝 놀라 일어나겠죠. 안 그래요?

(커튼을 걷는다.)

아니, 옷까지 차려입고서 다시 누워 계신 건가?

아가씨를 꼭 깨워야 해. 아가씨, 아가씨, 아가씨!

아이고! 아이고! 사람 살려요! 사람 살려! 우리 아가씨가 죽었어요!

아이고, 세상에 태어나서 이런 변이 있나!

브랜디 좀 가져다줘요! 나리! 마님!

캐풀렛 부인 등장.

캐풀렛 부인　이게 웬 소란인가?

유모　오, 이런 애통한 날이!

캐풀렛 부인　무슨 일이야?

유모　보세요, 보세요! 오, 이런 가혹한 날이!

캐풀렛 부인　오, 이런, 어찌 이런! 내 자식, 내 유일한 생명이!

일어나 봐, 눈 좀 떠 봐, 안 그러면 나도 너랑 같이 죽을 테다.

사람 살려요, 사람 살려! 어서 사람을 불러라!

캐풀렛 등장.

캐풀렛 이 무슨 창피냐! 줄리엣을 불러오게. 신랑이 와 있어.

유모 아가씨가 죽었어요, 돌아가셨다고요. 아가씨가 죽었어요, 아이고, 애통해라!

캐풀렛 부인 아이고, 딸애가 죽었어요, 죽었어, 죽었다니까요!

캐풀렛 뭐라고? 어디 봅시다. 아니 이럴 수가, 차디차구나.

　　피는 굳어 버렸고, 수족은 뻣뻣하며,

　　입술에서 생명의 기운이 사라진 지 오래되었어.

　　온 들판 가운데 가장 예쁜 꽃에 내린 때아닌 서리처럼

　　죽음이 딸애를 덮쳐 버렸구나.

유모 오, 이런 애통한 날이!

캐풀렛 부인 오, 이런 비통한 일이!

캐풀렛 딸애를 앗아 가서 날 울부짖게 만드는 죽음이

　　내 혀를 꽁꽁 묶어 아무 말도 못하게 만드는구나.

로런스 신부와 패리스 백작, 악사들과 함께 등장.

로런스 자, 신부는 교회로 갈 준비가 되었습니까?

캐풀렛 갈 준비는 되었지만 다시는 돌아오지 못하게 되었소.

　　오, 사위! 자네의 결혼식 전날 밤에

　　죽음이 자네 아내 될 사람과 동침했다네.

　　꽃다운 그 애가 죽음에게 꽃을 꺾인 채 저기 누워 있다네.

　　죽음이 내 사위가 되고, 죽음이 내 상속자가 되었네.

　　내 딸과 죽음이 먼저 결혼해 버렸으니.

나도 죽으면 그놈에게 모든 걸 물려주게 되는 거요.

생명이고 재산이고 모두 죽음의 차지가 되었소.

패리스   오늘 아침의 얼굴을 보려고 그토록 애타게 기다렸는데,

고작 이런 꼴을 보게 되는 건가요?

캐풀렛 부인   이런 저주스럽고, 불행하고, 비참하고, 증오에 찬 날이

있다니!

끝없이 계속 흘러가는 세월 속에서

이보다 더 비참한 순간은 없을 거예요.

하나뿐인 내 딸, 가련한 내 딸, 가련하고 사랑스러운 내 자식,

단 하나의 낙이요 위안거리인 외딸을,

잔인한 죽음이 내 눈앞에서 빼앗아 가 버렸구나.

유모   오, 애통해라. 오, 애통하고, 절통하고, 애통한 날!

이렇게 슬플 수가! 내 평생 이토록 애통한 날은 본 적이 없어요!

오, 이런 날이, 오, 이런 날이, 오, 이런 날이!

아이고, 이런 끔찍한 날이 있나!

오늘처럼 이렇게 캄캄한 날은 본 적이 없어요.

오, 애통해라, 오, 절통해라!

패리스   속고, 버림받고, 모욕당하고, 고문당하고, 살해당했구나!

혐오스럽기 짝이 없는 죽음이여,

네놈에게 속고, 잔인하고도 잔인한 네놈 때문에

완전히 내 신세를 망쳐 버렸구나!

오, 내 사랑! 오, 내 생명! 생명 없이 죽어 있는 내 사랑이여!

캐풀렛   멸시당하고, 고통받고, 미움받고, 박해당하고, 살해당했구나!

불행을 가져다주는 시간이여,

네놈은 무엇 때문에 지금 나타나서

우리의 결혼식을 요절내는 것이냐?

오, 얘야, 오, 얘야! 자식이 아니라 바로 내 영혼인 얘야!

네가 죽다니. 아이고, 내 자식이 죽었어.

내 자식의 죽음과 더불어 내 기쁨도 땅속에 묻히고 마는구나.

로런스　제발 진정들 하세요, 부끄러운 줄 아시고요!

이렇게 소동 부린다고 불행이 치유되지는 않습니다.

이 아름다운 처녀는 하느님과 아버님의 공동 소유였지만

이제는 하느님이 모두 맡으셨고,

그것이 따님에겐 아주 더 잘된 일입니다.

아버님은 따님에 대한 당신 몫을 죽음으로부터 지켜 낼 수 없지만

하느님께서는 영원한 생명 가운데 당신 몫을 지켜 주십니다.

아버님이 무엇보다 소망하신 게 따님의 지위가 높아지는 것이었죠.

따님의 지위가 높아지는 것이 아버님에게는 천국이었을 텐데,

이제 따님이 구름 위 하늘나라가 있는 곳까지

지위가 높아진 걸 보고도 이처럼 우시는 겁니까?

딸이 잘된 걸 보고도 아버님이 그렇게 실성한 듯 행동하시니

이런 자식 사랑은 매우 잘못되었습니다.

결혼해서 오래 사는 여자가 결혼을 잘한 것이 아니라,

결혼하고 젊어서 죽는 여자가 결혼을 제일 잘한 겁니다.

눈물을 거두고, 이 아름다운 시신을 로즈메리로 장식하십시오.*

그리고 관습에 따라 제일 좋은 옷을 입혀서

시신을 교회로 옮기십시오.

어리석은 인정 때문에 우리 모두 슬퍼하게 마련이지만,

인정이 눈물을 흘리라고 한다면, 이성은 기뻐하라고 한답니다.

캐퓰렛 혼인 잔치를 위해 준비했던 것들이 죄다

용도를 바꾸어 시커먼 장례식에 쓰이게 되었구나.

악기들은 우울한 조종(弔鐘)으로,

유쾌한 혼인 잔치는 슬픈 장례식으로 바뀌고,

흥겨운 결혼 축가는 음울한 장송곡으로,

혼례용 꽃은 매장될 시신의 장식용으로 바뀌어,

모든 것이 정반대가 되어 버렸구나.

로런스 안으로 들어가시지요, 영감님. 부인도 함께 가시고요.

패리스 백작도 가세요. 모두들 이 아름다운 시신을 따라

묘지로 갈 준비를 하십시오.

무언가 죄를 저질러 하느님께서 노하신 겁니다.

그분의 높은 뜻을 거역하여 더 이상 노하시게 해선 안 됩니다.

(유모와 악사들을 제외한 모두가 줄리엣에게 로즈메리를 놓아

주고, 커튼을 닫으며 나간다.)

악사 1 자, 우리도 악기를 챙겨서 가 봐야겠군.

유모 착하고 정직한 양반들, 어서 챙겨요, 챙겨.

잘 알다시피, 이렇게 딱한 판에 처하고 말았으니.   (퇴장.)

악사 1 그래요, 정말로, 악기통 판*이야 고칠 수도 있는 것을.

피터 등장.

피터 악사분들, 오, 악사분들, 「마음의 평안」, 「마음의 평안」이란 곡을! 날 좀 살려 주려거든 「마음의 평안」이란 곡을 연주해 주게.

악사 1 왜 하필 「마음의 평안」을?

피터 오, 악사분들, 「내 마음이 슬픔에 넘치네」란 곡을 내 마음이 연주하고 있기 때문이오. 뭐 좀 즐거운 곡을 연주해서 날 위로해 주게.

악사 1 노래는 안 돼요. 지금은 연주할 때가 아니잖소.

피터 그럼 연주하지 않겠다 이 말이오?

악사 1 그렇소.

피터 그럼 내 단단히 맛을 보여 주겠소.

악사 1 우리에게 무슨 맛을 보여 주겠다는 거요?

피터 맹세코 돈맛은 아니고, 조롱 맛 좀 봐라! 자네들을 풍각쟁이라 부를 테야.

악사 1 그럼 난 자넬 하인 놈이라고 불러 주지.

피터 그럼 그 하인 놈 칼로 자네 머리통을 쳐 주지. 난 악보 따윈 안 갖고 다녀. 자넬 쳐서 '레' 소리를 내고, 또 쳐서 '파' 소리를 내 줄 테다.* 내 말 알아듣겠나?

악사 1 우릴 쳐서 '레' 소리, '파' 소리를 내어 음악을 만들겠다 이거네.

악사 2 제발 자네 칼은 집어넣고 자네 재담이나 꺼내 놓게.

피터 그럼 내 재담으로 공격해 보지. 쇠로 된 칼은 집어넣고 쇠로

된 재담으로 피 한 방울 안 흘리고 자넬 때려잡겠어. 사내답게 내 말에 대답해 보시지.

　　　　'애끓는 비애가 가슴을 도려내고

　　　　애달픈 슬픔이 마음을 짓누를 때,

　　　　그럴 땐 음악은 은방울 소리로 ―.'

　그런데 왜 '은방울 소리'지? 왜 '음악은 은방울 소리로'냐 이 말이야? 뭐라고 대답하겠나, 고양이 창자 줄 깽깽이 사이먼 선생?

악사 1　그야 은방울 소리가 달콤하니까 그렇지.

피터　허튼소리. 자네 대답은 뭔가, 세 줄 깽깽이 휴 선생?

악사 2　'은방울 소리'야, 악사들이 은전을 바라고 소리를 내니까 그렇지.

피터　역시 허튼소리. 자넨 어떤가, 깽깽이 줄받침 제임스 선생?

악사 3　실은 뭐라고 말해야 할지 모르겠네.

피터　아, 미안하네. 자넨 가수라서 말을 못하지. 말은 내가 대신 해 주마. '음악은 은방울 소리로'인 이유는, 악사들이 소리를 내 봐도 호주머니에 쩔렁거릴 금화가 없으니 그런 거야.*

　　　　'그럴 땐 음악은 은방울 소리로

　　　　슬픔을 단박에 풀어 주네.'　　　　　　　　(퇴장.)

악사 1　저런 염병할 놈이 있나!

악사 2　목이나 매어 죽어라, 건달 놈! 자, 우린 안으로 들어가서 문상객을 기다렸다가 저녁이나 얻어먹고 가세.　　(모두 퇴장.)

5막

1장

[만투아, 거리]

로미오 등장.

로미오　자면서 꾸는 알랑거리는 꿈의 진실을 믿을 수 있다면
내 꿈은 곧 어떤 희소식이 들려올 전조라 할 텐데.
내 가슴의 주인인 사랑이* 옥좌에 사뿐히 앉아 있고,
오늘 하루 온종일 평소와는 다르게 유쾌한 생각으로
기분이 들떠 땅을 벗어나 공기를 밟는 듯하구나.
아내가 와서 내가 죽은 걸 발견하는 꿈이었는데,
(죽은 사람이 생각을 할 수 있다니 이상한 꿈도 다 있지!)
그녀가 내 입술에 키스하며 생명의 숨결을 불어넣자

내가 다시 살아나 황제가 되었단 말이야.

아, 정말! 사랑의 그림자만으로도 이렇게 기쁘기 그지없는데

사랑 자체를 온전히 가질 수 있다면 얼마나 달콤할까!

로미오의 시동 밸서자가 장화를 신고 등장.

베로나에서 소식이 오는구나! 어찌 되었느냐, 밸서자?

신부님께서 주신 편지를 가져오지 않았느냐?

아가씨는 어떠시냐? 아버님은 안녕하시고?

줄리엣 아가씨는 어떠셔? 거듭 묻지 않을 수 없구나.

아가씨만 안녕하다면 그 어떤 걱정도 있을 수 없으니.

밸서자 그러시다면 아가씨는 안녕하시고, 그 어떤 걱정도 있을 수 없네요.

아가씨의 육신은 캐풀렛 가문의 납골당에 잠들어 계시고,

아가씨의 영혼은 천사들과 함께 살고 계시답니다.

전 아가씨가 집안 친척들이 묻힌 납골당에 안장되는 걸 보고

즉시 이 일을 도련님께 알려 드리려 말을 타고 달려왔어요.

아, 이런 흉한 소식을 전해 드리는 걸 용서해 주십시오.

이렇게 하는 게 제 소임이라는 도련님의 말씀이 있었기에.

로미오 그게 정말이냐? 그렇다면 운명의 별들아! 너희에게 도전하겠다!

내가 머물고 있는 숙소에서 잉크와 종이를 가져오고,

그리고 역마(役馬)를 좀 빌려 놓아라. 오늘 밤 당장 떠날 것이다.

밸서자　도련님, 제발 진정하십시오.

　　도련님 안색이 창백하고 험하게 보이시니

　　무슨 불길한 일이 일어날 듯싶습니다.

로미오　아서라, 네가 잘못 보았다.

　　난 상관 말고, 가서 내가 시키는 일이나 해.

　　신부님께서 내게 보내신 편지가 없다고 했지?

밸서자　없습니다, 도련님.

로미오　상관없다. 그럼 어서 가거라.

　　그리고 말을 빌려 놓아라. 나도 곧 갈 것이다. 　　(밸서자 퇴장.)

　　줄리엣, 오늘 밤 나는 그대와 잠자리를 같이해야겠소.

　　자, 방법을 찾아봐야지. 아, 해로운 생각이여,

　　너는 너무 빨리 절망에 빠진 사람의 머릿속으로 파고드는구나!

　　약재상 한 사람이 기억에 떠오르는군.

　　아마 이 근처에 살고 있는 듯했지.

　　누더기 차림에, 눈 위에 불쑥 내민 눈썹을 하고,

　　약초를 모으는 모습을 최근에 보았는데 말이야.

　　궁기가 흐르는 안색에,

　　찢어지게 가난해서 피골이 상접했었어.

　　그의 초라한 가게에는 거북이와 박제한 악어,

　　그 밖에 흉물스러운 생선 껍질들이 걸려 있었지.

　　가게 선반에는 처량하게 몇 개 안 되는 텅 빈 상자와

　　녹색 질항아리, 물약 주머니, 곰팡이 핀 씨앗,

　　포장용 노끈 나부랭이, 말라비틀어진 장미꽃 뭉치가

드문드문 흩어져 있어, 겨우 약방 시늉이나 내고 있었지.

이런 궁색한 꼴을 보고 난 혼잣말로 중얼거렸었지.

'만투아에서 독약을 팔면 즉시 사형이라고 하지만,

만일 누군가 지금 독약이 필요하다면

그에게 독약을 팔 불쌍한 화상이 바로 여기에 있어'라고.

아, 바로 그 생각이 오늘의 내 필요를 예고해 준 셈이었구나.

궁색하기 짝이 없는 그자라면 분명 내게 독약을 팔 거야.

내 기억으론 아마 여기가 그 집이었지.

휴일이라 비렁뱅이 가게도 문을 닫았군.

여보시오! 약재상!

약재상 등장.

약재상 이렇게 큰 소리로 부르는 사람이 뉘시오?

로미오 여보시오, 이리 좀 나와 보시오. 보아하니 궁색이 확연한데,

40더컷*을 받고, 내게 독약을 조금만 파시오.

먹으면 그 효과가 즉시 온 혈관으로 퍼져 나갈 만큼 빨라서

삶에 지친 사람이 먹으면 그 자리에서 죽는 그런 독약 말이오.

마치 불을 댕겨 폭발 직전의 화약이

죽음을 초래할 대포 구멍을 화급히 빠져나가듯,

육신의 숨을 격렬하게 거두어 갈 그런 독약 말이오.

약재상 그런 치명적인 독약을 갖고 있긴 하오.

하지만 만투아의 법에 따르면 그런 걸 파는 사람은 누구든 사

형이오.

로미오   그렇게 궁색하고 비참한 처지에 있으면서도

죽는 걸 두려워한단 말이오? 댁의 두 뺨에는 굶주림이 터 잡고 있고,

두 눈에는 모진 궁기가 허기져서 늘어져 있고,

등에는 모멸과 비렁뱅이 궁상이 업혀 있소.

세상은 댁의 친구가 아니고, 세상의 법 또한 마찬가지요.

세상은 댁을 부자로 만들어 줄 법을 마련해 주지 않을 거요.

그러니 가난뱅이로 살지 말고, 법을 무시하고 이걸 받으시오.

약재상   받긴 하지만, 내 가난이 받은 것이지 내 본심이 받은 건 아니오.

로미오   나도 댁의 가난한테 돈을 준 거지, 댁의 본심한테 준 건 아니오.

약재상   어떤 음료든 그것에 이걸 타서 마셔요.

그러면 설사 당신이 장정 스무 명을 당해 내는 힘이 있더라도

이 약이 당신을 당장 뻗게 해 줄 거요.

로미오   댁의 돈이 여기 있소. 인간의 영혼에겐 더 독한 독약이오.

댁이 팔기 꺼려 하는 이 비참한 독약보다도

이 더러운 세상에서 더 많은 살인을 저지르고 있는 놈이라오.

내가 댁에게 독약을 판 거고, 댁은 나한테 판 게 아무것도 없소.

잘 있으시오, 양식을 사서 먹고 살이나 좀 붙이오.

(약재상 퇴장.)

자, 독약이 아닌 생명수여! 나랑 같이 줄리엣의 무덤으로 가자.

거기서 널 써야 할 테니.   (퇴장.)

2장

[베로나, 로런스 신부의 수도원]

존 신부 등장.

존   프란체스코 수도회 신부님, 신부님, 계십니까?

로런스 신부 등장.

로런스   이 소리는 틀림없이 존 신부의 음성이야.
          만투아에서 돌아오시니 반갑습니다. 로미오는 뭐라던가요?
          또는 그의 심중을 글로 썼다면, 그 편지를 주시오.
존   저와 동행하기로 한 우리 수도회 소속의
          탁발 사제 한 분을 찾으러 갔다가*
          마침 그분이 시내의 한 병자를 문병한다는 걸 알고
          그분을 찾아보기는 했습니다만,
          시의 검역관이 우리 둘 다 전염병이 창궐한 집에 있었다고
          의심하는 바람에, 문을 폐쇄하고 우릴 밖으로 내보내 주지 않
          았답니다.*

그래서 만투아로 가려던 제 급한 발길이 거기서 그만 막히고 말았지요.

로런스 그럼 누가 내 편지를 로미오에게 가져갔단 말이오?

존 그 편지를 보낼 수가 없어서 도로 가져왔습니다.

사람들이 병에 전염될까 어찌나 무서워하는지

신부님께 편지를 돌려보낼 심부름꾼도 구하지 못했지요.

로런스 이런 불운한 변이 있나! 신부 직을 걸고 맹세하건대,

이 편지는 사소한 게 아닌, 아주 중대한 내용이 담겨 있다오.

이걸 전하지 못했으니 큰 불상사가 일어날지 모르겠습니다.

존 신부, 어서 가서 쇠지레를 구해다

곧장 나한테 가져다주시오.

존 신부님, 얼른 그걸 갖다 드리겠습니다.   (퇴장.)

로런스 이제 나 혼자서라도 납골당에 가 봐야겠다.

세 시간 내에 아름다운 줄리엣이 깨어날 거야.

이번 일을 로미오가 모른다는 걸 알면

줄리엣은 날 많이 원망하겠지.

하지만 만투아로 다시 편지를 써서 보내고,

줄리엣은 로미오가 올 때까지 수도원에 숨겨 놓아야겠어.

가엾게도 살아 있는 송장으로 죽어 있는 사람들의 무덤에 갇혀 있다니!   (퇴장.)

3장

[베로나, 묘지]

패리스와 그의 시동(꽃과 향기 나는 성수, 횃불을 들고) 등장.

패리스   애야, 그 횃불을 이리 줘라. 넌 멀찌감치 떨어져 있고.
　　　아니, 횃불을 꺼 버려라. 남의 눈에 띄고 싶지 않으니.
　　　저 건너 주목나무 밑에 납작 엎드리고서
　　　소리가 울리는 땅바닥에 네 귀를 바짝 대고 있어.
　　　그렇게 하면 묏자리를 파헤치느라 흙이 헐거워 부드러워진
　　　묘지의 땅을 밟고 지나는 어떤 발소리도
　　　네가 들을 수 있을 것이다.
　　　그러고 있다 뭔가 다가오는 소리를 듣게 되면
　　　휘파람을 불어 내게 신호해 주고.
　　　그 꽃은 내게 주고, 내가 시키는 대로 해라. 가 봐.
시동   (방백) 이곳 묘지 안에 나 홀로 있는 게 겁이 나지만,
　　　위험을 무릅쓰는 수밖에 없지.　　　　　　　(물러간다.)
　　　(패리스가 무덤에 꽃을 뿌린다.)
패리스   꽃같이 어여쁜 아가씨, 그대의 신방에 나는 꽃을 뿌리오.
　　　오, 애통하다! 그대의 침상 덮개는 흙과 돌이니,
　　　내가 밤마다 향기로운 성수로 그것을 적셔 주겠소.
　　　성수가 없으면 슬픔의 신음으로 뽑아낸 눈물로 적셔 주리다.

160

그대를 위해 내가 바치는 장례 의식은

밤마다 이렇게 그대 무덤에 꽃을 뿌리고 눈물을 흘리는 게 될

것이오.

(시동이 휘파람을 분다.)

시동이 무언가 다가오고 있다고 신호를 보내는군.

웬 저주받을 발자국이 이 밤중에 이런 곳을 헤매고 다니면서

내 진정한 사랑에게 바치는 추모 의식을 방해한단 말이냐?

아니, 횃불까지 들고? 밤의 어둠이여, 잠시 날 숨겨 다오.

(물러난다.)

로미오와 횃불, 곡괭이, 쇠지레를 든 밸서자 등장.

로미오　　그 곡괭이와 쇠지레를 이리 줘 봐.

자, 이 편지를 받아. 아침 일찍 그것을

아버님께 전해 드려라.

횃불은 날 주고. 네 목숨을 걸고 엄명하는데,

네가 무엇을 듣고 보든 간에 멀찍이 물러나 있을 것이며,

내가 하는 일을 방해하지 말아야 한다.

내가 이 죽음의 침상으로 들어가는 이유는

내 아내의 얼굴을 보려는 것도 있지만

더 중요하게는 죽은 아내의 손가락에서

중대한 목적에 써야 할 귀중한 반지를 빼내 오려는 것이다.

그러니 넌 어서 썩 물러가거라.

만일 네가 의심을 품고 다시 돌아와

내가 하고자 하는 일을 엿보았다가는

맹세코 네 사지를 갈기갈기 찢어서

굶주린 이 묘지에 흩뿌려 놓고 말 테다.

때도 그렇고 내 심중도 마찬가지로 거칠고 포악하여,

허기진 호랑이나 으르렁거리는 바다보다도

더 잔인하고 더 비정하단 말이다.

밸서자 도련님, 전 물러가서 도련님을 방해하지 않겠습니다.

로미오 그래야 내게 우애를 보여 주는 게 되지. 이거 받아 둬.

(돈주머니를 건넨다.)

가서 잘 살아. 잘 가, 친구야.

밸서자 (방백) 이렇게 명령하셔도 난 근처에 숨어 있어야겠어.

그분 안색이 걱정스럽고, 그분 의도도 심상치 않아.

(물러간다.)

로미오 천하제일의 진미를 집어삼킨

너 역겨운 아가리, 너 죽음의 뱃구레야,

나는 네놈의 썩어 문드러진 아가리를 억지로 벌리고

원한에 사무친 마음으로 먹을 것을 더 쑤셔 넣어 주마.

(로미오가 무덤을 열기 시작한다.)

패리스 이놈은 추방당한 오만방자한 몬터규 놈이구나.

이놈이 내 사랑의 사촌 오빠를 살해해서

어여쁜 아가씨가 그 슬픔을 못 이겨 죽고 말았다고들 하지.

시체에 뭔가 악의에 찬 모욕을 가하려고

이놈이 여기에 온 것 같아. 내가 잡아야겠어.

(앞으로 나선다.)

불경한 짓을 멈춰라, 이 사악한 몬터규 놈!

죽이고도 모자라 시체에까지 복수하겠다는 거냐?

천벌을 받을 악당아, 네놈을 체포하겠다.

순순히 내 말 듣고 나와 함께 가자. 넌 죽어 마땅해.

로미오   정말 난 그렇소. 그래서 여기 온 거요.

젊은 양반, 절망에 빠진 사람을 자극하지 마시오.

날 내버려 두고 어서 도망쳐요.

여기 죽은 사람들을 생각해 보시오.

두려워하라는 경고로 그들을 여기란 말이오.

부탁이니, 젊은이, 제발 날 격분케 해서

내 머리 위에 또 하나의 죄를 없게 만들지 마시오.

아, 어서 가요!

난 정말 자네를 나 자신보다 더 아끼고 있소.

나는 나 자신을 해칠 각오로 여기 온 거란 말이오.

머뭇거리지 말고 어서 가라니까. 살아남아서 훗날

어떤 미친 사람의 자비 덕에 도망칠 수 있었다고 말하시오.

패리스   네놈의 간청 따위는 거절하고,

법을 어긴 네놈을 이 자리에서 체포할 것이다.

로미오   기어이 화를 돋울 셈이냐? 그렇다면 맛 좀 봐라, 이놈!

(둘이 싸운다.)

시동   오, 하느님! 싸우고 있잖아! 야경꾼을 불러와야겠다.   (퇴장.)

패리스 아, 나는 칼에 찔렸어!

(쓰러진다.)

자네에게 자비심이 있다면, 납골당을 열고

날 줄리엣 곁에 뉘어 주게.

(죽는다.)

로미오 꼭 그렇게 해 주지. 어디 얼굴 좀 보자.

머큐쇼의 친척, 고귀한 패리스 백작이 아닌가!

하인 녀석이 뭐라고 했더라?

말을 타고 오면서 내 마음이 어수선해

귀담아듣진 않았는데, 내 생각에

패리스가 줄리엣과 결혼하기로 되어 있었다고 했던가?

그 녀석이 그렇게 말하지 않았었나?

아니면 내가 그렇다고 꿈을 꾸었던가?

아니면 혹시 내가 미쳐 버려서, 그가 줄리엣 얘기 하는 걸 듣고

그냥 그렇다고 생각하는 것인가?

오, 자네 손을 이리 주시오.

자네도 나와 더불어 쓰라린 불운의 명부(名簿)에 이름이 적힌

사람이오!

내가 자네를 영광된 무덤에 묻어 주겠소.

무덤이라니? 아, 아니요, 빛의 탑이오, 죽은 젊은이여.

이곳엔 줄리엣이 누워 있으니, 그녀의 아름다움으로

이 납골당은 빛으로 찬란한 연회장이 되었다오.

고인이여, 죽은 것이나 진배없는 이 사람이 묻어 드리니

여기 누워 계시오.

(패리스를 납골당 안에 눕힌다.)

사람이 죽음의 순간에 이르면 명랑해진다는 말을
얼마나 자주 들었던가? 임종을 지키는 사람들은
그걸 죽기 직전의 섬광이라 부른다지.
오, 어찌 이를 섬광이라고 부를 수 있단 말인가?
오, 내 사랑, 내 아내여!
꿀같이 달콤한 그대의 숨결을 빨아 마신 죽음도
그대의 아름다움만은 아직 어쩔 수 없었나 보오.
당신은 죽음에 정복당하지 않았소.
아름다움의 깃발이 그대의 입술과 두 볼에
여전히 붉게 나부끼고 있고,
죽음의 창백한 깃발은 거기까진 미치지 못했다오.
티볼트여, 자네도 피투성이 수의를 입고 거기 누워 있는가?
아, 내가 자네에게 베풀 수 있는 호의라면,
자네의 청춘을 두 동강 낸 바로 그 손으로
자네 원수인 그자의 생명을 찢어 놓는 것보다 더한 게 있겠는가?
날 용서해 주게, 사촌! 아, 사랑하는 줄리엣,
어찌하여 그대는 아직도 이토록 아름답단 말이오?
몸뚱이 없는 죽음이 그대에게 반해 버려서
그 뼈만 남은 흉측한 괴물이 그대를 자신의 정부(情婦)로 삼으려고
이 암흑 속에 가두어 놓은 것이라고 믿어야겠소?

그게 걱정이 되어 난 당신 곁에 언제까지나 머무를 것이고,

이 캄캄한 밤의 궁전을 절대 떠나지 않을 것이오.

여기, 이곳에, 그대의 시녀인 구더기들과 함께 남아 있겠소.

오, 이 자리에 나는 영원한 안식처를 차려 놓고

세상살이에 지친 육신으로부터

불운한 운명의 별들이 지워 준 멍에를 떨쳐 버리겠소.

두 눈아, 마지막으로 보아라!

두 팔아, 마지막으로 포옹을 해 봐라!

그리고 오, 생명의 문인 두 입술이여, 정당한 키스로

모든 걸 독점한 죽음과 맺는 무기한 계약 증서에 도장을 찍어라!*

오너라, 쓰디쓴 저승의 길잡이여! 오너라, 구역질 나는 안내자여!

절망에 빠진 항해사여, 풍랑에 시달려 지친 그대의 배를

지금 당장 암초로 몰고 가 산산이 부숴 버려라!

내 사랑을 위해 건배!

(독약을 마신다.)

오, 정직한 약재상! 자네의 약 효과가 참 빠르구나.

이렇게 키스하며 나는 죽는다.

(쓰러진다.)

로런스 신부가 등불, 쇠지레, 삽을 들고 등장.

로런스   프란체스코 성자님께서 발걸음을 도와주시길!

오늘 밤은 이 늙은이의 발이

왜 자꾸 무덤에 걸리는지! 게 누구요?

밸서자 접니다. 신부님을 잘 아는 사람입니다.

로런스 자네에게 축복이 있기를! 이 사람아, 말해 보게.

구더기와 눈알 없는 해골들을

헛되이 비추고 있는 저기 저 횃불은 무언가?

내 짐작으로는 캐퓰렛 가문의 납골당에서 타고 있는 듯한데.

밸서자 그렇습니다, 신부님.

신부님께서 아끼시는 저희 도련님도 저기 계십니다.

로런스 누구 말이냐?

밸서자 로미오 도련님 말입니다.

로런스 그가 저기 있은 지 얼마나 되었지?

밸서자 족히 반 시간은 되었습니다.

로런스 나와 함께 납골당으로 가자.

밸서자 신부님, 그렇게는 못합니다.

도련님은 제가 여길 떠난 줄 알고 계시고,

만약 제가 여기 머물러 있다가 그분이 하는 일을 엿보면

절 죽이겠다고 무섭게 위협하셨습니다.

로런스 그럼 여기 있어라, 나 혼자 갈 테니. 불안한 생각이 든다.

오, 무슨 불상사가 있을 것 같아 몹시 두렵구나.

밸서자 제가 여기 이 주목나무 밑에서 졸고 있는데,

도련님과 어떤 사람이 싸우다가

도련님이 그 사람을 죽이는 것 같은 꿈을 꿨습니다.

(물러간다.)

로런스　로미오!

(신부가 몸을 숙여 핏자국과 칼들을 본다.)

아이고, 이런, 이 무덤의 돌 입구에

묻어 있는 이건 웬 피란 말이냐?

이렇게 주인 없는 피범벅의 칼들이

이 안식의 장소에 흉측한 몰골로 놓여 있는 건 또 웬일이냐?

(납골당 안으로 들어간다.)

로미오! 아, 창백하구나! 또 누구지? 아니, 패리스 백작도?

피투성이로 말인가? 아, 얼마나 비정한 시간이기에

이런 비통한 죄를 저지른단 말인가!

(줄리엣이 일어난다.)

아가씨가 깨어나는군.

줄리엣　오, 도움을 주시는 신부님, 제 남편은 어디 계시죠?

전 제가 있어야 할 곳을 잘 기억하고 있고,

지금 전 거기에 있습니다. 로미오 님은 어디 계시나요?

(안쪽에서 소리가 난다.)

로런스　무슨 소리가 들린다, 줄리엣.

죽음과 전염병과 자연의 이치에 어긋난 잠이

둥지를 튼 그곳에서 빨리 나오너라.

인간이 대항할 수 없는 강력한 힘이

우리의 계획을 좌절시키고 말았으니. 자, 어서 나가자.

네 가슴속의 남편은 죽어서 저기 누워 있고,

패리스 백작 역시 그렇다.

너를 수녀들이 있는 수녀원에서 지내게 할 것이야.

야경꾼들이 오고 있으니, 이것저것 묻느라 지체하면 안 된다.

자, 가자, 착한 줄리엣. 난 더 이상 지체할 수 없다.　　　 (퇴장.)

줄리엣　　신부님이나 가세요. 전 가지 않겠어요.

이게 뭐지? 진실한 내 사랑의 손에 쥐어진 잔은?

이제 보니 독약을 마시고 때아닌 종말을 맞으신 것 같아.

아, 인색한 사람! 다 마셔 버리고, 나도 뒤따라가게 해 줄

친절한 단 한 방울도 남겨 놓지 않았단 말이지?

그럼 당신 입술에 키스하겠어요.

혹시 독약이 거기에 조금 묻어 있어서

그 생명의 영약으로 날 죽게 해 줄지도 모르니까.

당신 입술은 따뜻하군요.

야경꾼 1　　(안쪽에서) 앞장서라, 애야. 어느 쪽이냐?

줄리엣　　그래, 인기척이 들리네. 어서 끝내야겠어.

오, 행운의 단검이여,

(로미오의 단검을 집어 든다.)

여기가 너의 칼집이다.

(자신을 찌른다.)

거기서 녹이 슬어 버려라. 그리고 날 죽게 해 다오.

(로미오의 시신 위에 쓰러져 죽는다.)

패리스의 시동과 야경꾼들 등장.

시동   여깁니다. 저기 횃불이 타고 있는 곳입니다.

야경꾼 1   땅바닥이 피투성이구나. 묘지 일대를 수색하게.

몇 사람은 가서 눈에 띄는 사람은 누구든 체포하고.

(야경꾼 몇 명 퇴장.)

처참한 광경이다! 여기 백작님이 살해되어 누워 있고,

이틀 전에 여기 매장된 줄리엣 아가씨는

방금 죽은 듯 피를 흘리고 있고 따뜻한 체온이 남아 있어.

가서 영주님께 말씀드리게. 캐퓰렛 댁으로 달려가서 알리고.

몬터규 집안 사람들도 깨우게. 다른 사람들은 수색하고.

(다른 야경꾼 몇 명 퇴장.)

처참한 시신들이 쓰러져 있는 장소를 보고 있지만

이 처절한 참변의 진상은 자세히 조사해 보지 않고는

알 길이 없구나.

야경꾼 몇 명이 로미오의 시동 밸서자를 데리고 등장.

야경꾼 2   여기 로미오의 하인이 있습니다. 묘지에서 이자를 찾아
냈습니다.

야경꾼 1   영주님이 오실 때까지 도망가지 못하게 그를 잡아 두게.

로런스 신부와 다른 야경꾼 등장.

야경꾼 3   여기 벌벌 떨며, 한숨 쉬고, 울고 있는 신부님이 있습니다.

그분이 묘지 이쪽 편에서 오고 있는 걸 붙잡아

갖고 있던 이 곡괭이와 삽을 압수했습니다.

야경꾼 1　아주 수상한데. 그 신부님도 잡아 두게.

영주와 수행원들 등장.

영주　이렇게 이른 아침에 도대체 무슨 불상사가 있기에

아침잠도 못 자게 사람을 불러낸단 말이냐?

캐풀렛과 캐풀렛 부인 등장.

캐풀렛　도대체 무슨 일로 밖에서 저렇게 고함을 치느냐?

캐풀렛 부인　아, 거리에서 어떤 사람들은 '로미오'를 외치고,

어떤 사람들은 '줄리엣'을, 또 어떤 사람들은 '패리스'를 외치며,

모두 우리 납골당 쪽으로 달려가고 있답니다.

영주　우리 귀를 깜짝 놀라게 하는 저 끔찍한 소리는 무엇이냐?

야경꾼 대장　영주님, 패리스 백작이 칼을 맞아 쓰러져 있고,

로미오 도련님도 죽었습니다. 이미 사망했던 줄리엣 아가씨도

방금 죽은 듯 체온이 따뜻합니다.

영주　수색해서 찾아내라. 어떻게 해서 이런 처참한 살인이

벌어졌는지 알아내란 말이다.

야경꾼 대장　여기 신부 한 사람과 죽은 로미오의 하인이 있는데,

이곳 납골당을 열기에 적합한 연장을 소지하고 있었습니다.

(캐풀렛과 캐풀렛 부인이 납골당에 들어간다.)

캐풀렛 오, 맙소사! 여보! 우리 딸애가 피 흘리고 있는 걸 보시오!

이 단검은 길을 잘못 찾았어.

보시오, 몬터규 놈의 허리에 찬 칼집은 텅 비어 있고,

단검이 엉뚱하게 우리 딸 가슴에 꽂혀 있잖소.

캐풀렛 부인 오, 이를 어째요! 이 죽음의 광경은 조종(弔鐘)처럼

이 늙은이를 무덤으로 불러들이는군요.

(캐풀렛과 캐풀렛 부인이 납골당에서 돌아온다.)

몬터규 등장.

영주 이리 오시오, 몬터규 영감.

일찍 일어난 당신이 보게 될 모습은

당신 아들이자 상속자가 이렇게 때 이르게 쓰러진 것이라오.

몬터규 아이고, 영주님, 제 아내가 간밤에 세상을 떠났습니다.

아들의 추방을 애통해하다가 숨이 끊어지고 말았답니다.

이 늙은이를 괴롭히려고 음모를 꾸밀 더 이상의 슬픔이 뭐가

있겠습니까?

영주 눈으로 보시오. 그러면 알게 될 것이오.

몬터규 이 버릇없는 녀석! 제 아비를 밀어젖히고 먼저 무덤으로

내달리다니 무슨 예의범절이 이렇단 말이냐!

영주 격노에 찬 그 입을 잠시 닫아 주시오.

이 불확실한 사건의 전말을 깨끗이 밝혀서

그 근원과 시작과 내리막 끝을 알아내야 할 것이니.

그런 다음 내가 당신들의 슬픔의 대열에서 선두가 되어

지휘하겠소. 슬퍼서 죽게 되더라도 앞장서겠단 말이오.

그러니 잠시 참고, 인내심이 이 불행을 제어하도록 하시오.

자, 용의자들을 끌어내라.

로런스　제가 가장 유력한 용의자입니다.

이런 무서운 살인죄를 저지르기엔 가장 무력한 자입니다만,

때와 장소가 제게 불리하게 돌아간 터라

제가 가장 유력한 용의자가 되고 말았습니다.

이 자리에서 저는 제가 지은 죄에 대해 자진 고발하고,

혐의가 없는 바에 대해서는 해명하고자 합니다.

영주　그럼 즉시 이 사건에 대해 알고 있는 것을 말해 보라.

로런스　간단히 말씀드리겠습니다.

얼마 남지 않은 생이라 장황하게 이야기할 시간이 없으니까요.

저기 죽어 있는 로미오는 줄리엣의 남편이고,

저기 죽어 있는 줄리엣은 로미오의 진실한 아내였습니다.

제가 두 사람을 결혼시켰지요.

그런데 이들이 비밀리에 결혼식을 올린 날이

티볼트가 죽은 날이었고, 때아닌 그의 죽음으로

새신랑은 이 도시에서 추방을 당했습니다.

줄리엣이 슬퍼한 것은 티볼트가 아니라 추방당한 새신랑 때문

이었지요.

캐풀렛 영감님은 딸의 슬픔을 덜어 주기 위해

패리스 백작과 약혼을 서두르고 억지로 결혼식을 올리게 했습니다.

그러자 따님은 저를 찾아와 실성한 표정으로
이 두 번째 결혼을 막을 방도를 찾아 달라고 간청했고요.
그렇지 않으면 제 수도원에서 자결하겠다고 했습니다.
그래서 제가 (제 기술로 가르침을 받은) 줄리엣에게
수면제를 주었는데, 그 수면제는 제가 의도했던 대로 효과가 있어
줄리엣을 가사(假死) 상태에 빠지게 해 주었습니다.
한편 저는 이 끔찍한 오늘 밤에 여기로 오라고
로미오에게 편지를 써서 알릴 요량이었습니다.
수면제의 효력이 떨어질 시간에 맞추어
줄리엣이 임시로 빌린 무덤에서 그녀를 데리고 나가는 데
도움을 주려고 말이지요.
하지만 제 편지를 들고 간 존 신부가
사고 때문에 시간을 지체하게 되었고,
어젯밤 제 편지를 도로 갖고 돌아왔습니다.
저는 줄리엣이 깨어나기로 예정된 시간에 혼자서 이곳으로 와
그녀의 친척들이 묻힌 납골당에서 그녀를 데리고 나간 다음,
적당한 시기에 로미오에게 보내 줄 수 있을 때까지
당분간 제 수도원에 숨겨 둘 작정이었지요.
하지만 제가 이곳에 왔을 때는
줄리엣이 깨어나기 1분쯤 전이었는데,
고귀한 패리스 백작과 진실한 로미오가 때아닌 죽음을 맞아

여기 쓰러져 있었습니다.

때마침 줄리엣이 깨어났습니다. 저는 밖으로 나가자 했고,

이건 하늘의 뜻으로 이루어진 일이니 인내심을 갖고 참으라고
했습니다.

그런데 그때 인기척 소리에 놀라 저는 무덤에서 뛰쳐나왔지만,

줄리엣은 너무 절망한 나머지 저랑 같이 나오려 하지 않았고

결국에는 자결한 것으로 보입니다.

이것이 제가 알고 있는 전부입니다.

그리고 둘의 결혼에 관해서라면 줄리엣의 유모도 관여해 알고
있습니다.

이번 일에서 제 과실로 조금이라도 잘못된 것이 있다면

얼마 남지 않은 천명을 다하기 전에 제 늙은 목숨을

추상같은 법으로 엄히 다스려 주십시오.

영주　당신을 늘 경건한 신부로 알고 있었소.

그런데 로미오의 하인은 어디 있느냐?

이번 일에 대해 할 말이 무엇이냐?

밸서자　제가 도련님께 줄리엣 아가씨의 죽음을 전해 드렸더니

도련님은 급히 말을 타고 만투아에서

바로 이곳 납골당으로 달려오셨어요.

도련님은 이 편지를 아침 일찍 아버님께 전하라 분부하시고,

납골당으로 들어가시면서 제가 도련님을 두고 떠나지 않으면

저를 죽이겠다고 위협하셨습니다.

영주　그 편지를 이리 줘 봐라, 그것을 읽어 봐야겠다.

야경꾼을 불렀다는 백작의 시동은 어디 있느냐?

그래, 네 주인은 이곳에서 무엇을 하고 있었느냐?

시동　주인님은 아가씨의 무덤에 꽃을 뿌리려고 오셨습니다.

저더러는 멀리 떨어져 있으라고 하셔서, 전 그렇게 했지요.

그런데 곧 횃불을 든 누군가가 와서 납골당 문을 열려 했고,

주인님은 당장 그 사람에게 칼을 빼 들었습니다.

그래서 저는 야경꾼을 부르기 위해 달려갔던 것입니다.

영주　이 편지는 두 사람이 사랑하게 된 경위와 줄리엣의 죽음에 관한 소식 등

신부의 증언이 사실이라는 것을 입증하고 있소.

또한 로미오는 어느 가난한 약재상에게서 독약을 구입해

그것을 지니고 여기 납골당으로 와서

자살을 하여 줄리엣 곁에 누우려 했다는 것도 이 편지에 적어 놓았소.

서로 원수지간인 사람들은 어디 있소? 캐풀렛! 몬터규!

당신들의 증오에 어떤 천벌이 내렸는지 한번 보시오.

하늘은 당신들의 기쁨인 자식들을 서로 사랑하게 해

죽음에 빠뜨리는 방법을 찾아내셨소.

나 역시 당신들의 불화를 눈감은 탓에 친척 둘을 잃었소.

우리 모두 천벌을 받은 겁니다.

캐풀렛　아, 몬터규 사돈 양반, 손을 이리 주시오.

이 악수가 내 딸의 과부 재산*이 될 것이오.

더 이상은 요구할 수도 없군요.

몬터규   하지만 저는 사돈 양반에게 그 이상을 드릴 수 있습니다.

제가 순금으로 된 따님의 조각상을 세우겠소.

그래서 베로나가 그 이름으로 이 세상에 알려지는 한

진실하고 정숙한 줄리엣의 조각상만큼

높이 평가받는 조각상은 결코 없게 될 것이오.

캐풀렛   그에 못지않게 훌륭한 로미오의 조각상을

그의 아내 상 옆에 세우겠소.

우리의 반목에 희생된 가여운 자식들이니까요!

영주   오늘 아침은 어둠침침한 평화를 가져다주는구려.

태양도 슬퍼서 고개를 들려 하지 않는다오.

가서 이 슬픈 사건에 관해 좀 더 이야기합시다.

용서받을 사람도 있고 벌을 받을 사람도 있을 것이오.

줄리엣과 그녀의 연인 로미오의 이야기보다

더 슬픈 이야기는 결코 없을 것이오.   (모두 퇴장.)

주

7 **코러스** 그리스 비극에 등장하는 코러스(chorus)는 여러 명이지만 여기서는 코러스 역할을 맡은 한 사람이 등장하여 앞으로 전개될 연극의 내용을 간단히 소개하는 서사를 관객들에게 전달한다. 1막과 2막 시작 부분에 등장하는 코러스의 서사는 셰익스피어의 소네트 형식을 그대로 따르고 있는데, 각운을 맞춘 4행(quatrain) 세 개가 이어지고 2행의 대구(couplet)로 마무리짓는, 총 14행의 약강오보격 운문으로 되어 있다.

베로나 이 작품의 주 무대는 이탈리아의 베로나인데, 영국 르네상스 시대 희극의 무대로 이탈리아의 도시들을 활용한 사례들이 종종 있다(가령 셰익스피어의 『베로나의 두 신사』, 『베니스의 상인』 등). 하지만 당시 영국 신교도들에게 이탈리아는 로마 가톨릭교회와 연관된 부정적인 인상을 갖는 나라로 간주되기도 했다.

불운한 별자리 얽힌 한 쌍 연인 인구에 회자되는 저 유명한 "불운한 별자리 얽힌 한 쌍 연인(a pair of star-cross'd lovers)"이라는 표현은, 로미오와 줄리엣이라는 두 연인의 사랑이 서로 원수 집안 태생이라는 두 사람의 운명(별자리) 때문에 이루어지지 못하고 불행하게 끝날 수밖에 없음을 압축하고 있다.

두 시간 동안　셰익스피어 시대의 연극 공연은 대개 두세 시간에 걸쳐 이루어졌다.

9　**교수형 올가미에서 목이나 뽑으시지**　샘슨의 대사 중 "이런 모욕은 못 참겠어(we'll not carry coals)"에서 사용된 '석탄(coal)'은 그레고리 대사의 '석탄 장수(collier)'라는 말장난(pun)으로 이어지고, '석탄 장수(collier)'는 발음이 비슷한 그다음 샘슨 대사의 '화(choler)', 그리고 그레고리 대사의 '교수형 올가미(collar)'로 연결된다. 이처럼 비슷한 발음의 단어들로 말장난을 이어 가는 예가 셰익스피어의 희곡에 종종 나타나는데 우리말로 그 말장난의 묘미를 살려 번역하기는 매우 어렵다. 또한 샘슨과 그레고리 대사에 나오는 '성이 나다(moved)', '서다(stand)', '느끼다(feel)', '발가벗은 무기(naked weapon)' 등의 표현은 모두 성적(性的) 함의를 이중적으로 갖고 있어 이들의 대화는 외설적인 농지거리를 주고받는 것과 다름없다.

10　**담벼락 쪽 길**　셰익스피어 시대에 '담벼락 쪽 길'은 상대적으로 깨끗해서 걷기에 더 좋았기 때문에 '담벼락 쪽 길'을 걷는다는 것은 우월함을 나타낸다.

　　제일 약한 놈이 담 쪽으로 밀리게 마련이거든　"제일 약한 쪽이 길을 양보한다(the weakest must give way)"는 당대의 속담을 인용한 것이다.

　　더 연약한 그릇인 여자들　성경 「베드로 전서」 3장 7절에서 사도 베드로가 여성을 '더 연약한 그릇(weaker vessel)'으로 불렀다.

　　소금에 절여 말린 대구　'소금에 절여 말린 대구'는 가난한 사람들이 먹는 싸구려 생선이다. 또한 '절여 말린' 생선은 쪼그라들 테니 샘슨의 물건이 힘이 없으리라는 뜻을 암시한다.

11　**엄지손가락을 물어뜯어 보이겠어**　엄지손가락을 물어뜯는 것은 무례한 행위 혹은 도발 행위로 간주되었다.

13　**미늘창**　끝이 나뭇가지처럼 두세 가닥으로 갈라진 창.

곤봉과 도끼창과 미늘창을 들어라! 런던 시의 도제들이 길거리 싸움에 동료들을 불러 모을 때 "곤봉을 들어라(Clubs)!"라는 구호를 흔히 외쳤다고 하는데, 여기서 시민들도 비슷한 구호를 외치고 있다.

14 **프리타운** 『로미오와 줄리엣』에 나오는 두 연인의 이야기가 담긴 여러 출전들 가운데 캐풀렛 소유의 성(城)으로 언급된 빌라프랑카(Villafranca) 혹은 빌라프랑코(Villafranco)를 영국의 아서 브룩(Arthur Brooke)이 프리타운(Free-town)이라고 영어로 옮긴 것을 셰익스피어가 그대로 따온 듯하다. 단, 영주의 대사에 나오는 프리타운은 캐풀렛 소유의 성이 아니라 공공 법정으로 바뀌어 나타난다.

18 **밖에** 벤볼리오가 '사랑(안)에 빠지다(in love)'는 표현을 쓰자 로미오는 '안(in)'이 아니라 '밖(out)'이어서 사랑을 이루지 못하고 있다고 표현하고 있다.

눈가리개를 하고 다니는 사랑은 사랑의 신 큐피드(Cupid)는 항상 '눈가리개를 한(blindfolded)' 상태로 다니기 때문에 사랑의 특성이 '앞 못 보는(blind)' 것이라고 여겨진다.

19 **오, 싸우는 사랑이여! 오, 사랑하는 증오여!~항상 깨어 있는 잠, 실체인데 실체가 아닌 것이여!** "오, 싸우는 사랑(brawling love)이여! 오, 사랑하는 증오(loving hate)여!"로 시작하는 부분에서 "실체인데 실체가 아닌 것이여!"에 이르기까지 로미오는 자신이 생각하는 사랑을 여러 가지 모순 어법(oxymoron)으로 정의하여 나열한다. 이는 14세기 이탈리아의 시인 페트라르카(Petrarca)의 연애시 전통에 입각한 인습을 따르는 연인의 감정 과잉이 전형적으로 드러나는 모습이라 할 수 있다.

20 **달의 여신의 지혜를 갖추고** 달의 여신(Diana)은 순결의 여신이기도 하므로, 사랑을 피하고 유혹에 넘어가지 않는 것이 그녀의 지혜가 된다.

성자마저 유혹하는 황금에도 무릎을 벌려 주질 않네 주피터 신이 황금

소나기로 변신하여 유혹에 성공했다는 여인 다나에(Danaë)의 신화를 떠올리게 하는 대목이다.

인색한 건 오히려 큰 낭비 아닌가 결혼하여 자손을 남김으로써 미모를 후대에 이어 주고 죽는 게 아니라면 그 미모를 인색하게 아끼다가 오히려 낭비하고 마는 꼴이라는 역설의 표현은 셰익스피어의 소네트 11번, 14번 등 여러 작품에 나타난다.

21 **검기 때문에 오히려 그 안에 숨겨진 미모를 생각하게 하잖아** 신분이 높은 사람들은 공적인 장소에 나타날 때 흔히 검은색의 반가면(half-mask)을 썼다고 한다. 검은색 가면은 그 대조되는 색 때문에 오히려 그 가면이 숨기고 있는 미모를 상기시킬 뿐이라는 뜻이다.

읽을 수밖에 없게 만드는 주석(註釋)의 역할 외에 뭘 할 수 있겠나? 주석의 역할이 본문을 읽을 수밖에 없게 만들어 본문의 존재를 부각하는 것이라면, 마찬가지로 다른 미인은 아무리 절세미인이라 할지라도 로절라인에 비하면 로절라인의 미모를 더 도드라지게 할 수밖에 없다는 뜻이다.

22 **제 청혼에 대해선 어떻게 생각하십니까?** 『로미오와 줄리엣』의 주요 출전인 브룩의 작품에서 패리스는 로미오와 줄리엣이 비밀 결혼식을 올리고 난 이후 티볼트가 살해된 다음에야 구혼자로 등장한다. 반면 셰익스피어는 로미오와 줄리엣이 서로 만나기도 전인 1막 2장에 줄리엣의 구혼자로 패리스를 앞당겨 등장시킨다.

나이도 열네 살이 채 되지 않았소 열네 살이 채 되지 않은 줄리엣의 나이는 다른 출전들에서 줄리엣에 해당하는 여주인공의 나이가 열여섯 살 혹은 열여덟 살로 나오는 것에 비해 더 어리고, 당시 영국이나 유럽의 일반적인 여성의 결혼 연령에 비해서도 훨씬 어리다. 결혼에 적합하다고 여기는 연령의 범위는 여러 요인에 따라 다소간 차이가 있을 수 있지만, 대략 여성의 경우는 17세에서 22세 사이, 남성의 경우는 20세에서 35세 사이였다. 조혼이 아니라 오히려 만혼을 옹호하는 법률 구조나 사회적 관행을 흔하게 찾아볼 수 있었다.

24 구두장이는 자를~그림쟁이는 그물을 갖고 일해야 한다고 적혀 있군 각각의 직업에 어울리지 않는 도구를 뒤죽박죽 나열하면서 이 하인은 자신이 글을 읽을 줄 모른다는 사실을 우스꽝스럽게 드러내고 있다.

25 매를 맞으며 고문당하고 있다니까 셰익스피어 시대에 미친 사람들을 고친다는 명분으로 흔히 가하는 형벌이 바로 옥에 가두어 굶기고 매를 때리고 고문하는 것이었다고 한다. 로미오는 사랑 때문에 괴로워하는 자신을 두고 미친 사람들이 겪는 고통과 다름없는 고통을 겪고 있다고 말하는 것이다.

26 물에 빠져도 결코 죽지 않는 눈이여~ 거짓말한 죄로 불에 타서 죽어라 로미오는 눈물 흘리는 눈은 '(눈)물에 빠져도 죽지 않는'고 표현하면서, (눈물처럼) 투명하게 빛나는 존재(즉 자기 눈)가 만일 로절라인 같은 미인을 못 알아본다면 바로 그 눈이 이단자가 되는 셈이며 따라서 불에 타 죽는 화형에 처해져야 마땅하다고 여기는 것이다. 종교적 이유로 화형에 처해지는 벌은 그저 비유가 아니라 실제로 있던 중형이었다.

27 열두 살 적 제 처녀막을 두고 맹세코 '열두 살 적 처녀막'을 운운하는 유모는 의도하지 않았지만 제 스스로 열두 살에 처녀성을 잃었다는 것을 고백하는 셈이다. 비속한 유머를 남발하는 유모의 특징은 유모가 등장하는 장면마다 드러난다.

28 추수절 Lammas-tide. 8월 1일이므로 추수절 전날에 태어난 줄리엣은 7월 31일생이다. 7월은 사자자리(Leo)인데, 사자자리를 타고 난 사람은 열정적인 성향이 있다고 여겨진다. 그리고 줄리엣의 나이를 계산하는 이 대목으로 인해 이 작품의 시간적 배경이 7월 중순의 한여름이라는 점을 알 수 있다.

29 지진이 있은 뒤 이제 11년이 흘렀지만 유모가 언급한 지진이 영국에서 1580년 혹은 1584~1585년에 일어난 지진을 가리킨다고 말하

는 일부 학자의 주장에 따라 '지진 이후 11년이 흘렀다'는 유모의 발언을 근거로 희곡의 집필 연대를 1591년 혹은 1595~1596년으로 추정하기도 하지만 확실하지는 않다.

만투아 Mantua. 베로나에서 약 20여 마일 떨어진 곳에 위치한, 베로나에서 비교적 가까운 도시로, 이탈리아어로는 만토바(Mantova)이다.

32 **황금의 책 고리로 황금의 이야기를 가두고 있는 거란다** 캐풀렛 부인은 패리스 백작을 황금의 이야기를 담은 제본이 안 된 책으로 비유하면서, 줄리엣이 패리스 백작이라는 아름다운 속을 감싸는 아름다운 겉 (즉 표지)이자 황금 고리가 되어 뭇사람들에게 자랑스러운 결혼(즉 완성된 아름다운 책)을 보여 주어야 한다고 설명하고 있다.

서방님이 생기면 몸이 불어나게 되죠 캐풀렛 부인이 생각하는 이상적인 결혼상의 언급이 끝나기 무섭게 유모는 결혼하면 임신으로 신부의 배가 불러 온다고 덧붙여 결혼의 육체적이고 현실적인 면을 짚어 낸다.

33 **입장할 때 이런 연설을 해야 할까?** 연회에 도착한 가면 쓴 방문객 일행은 대개 사회자(presenter) 격의 사람이 방문의 구실을 알리는 준비된 연설을 먼저 한 뒤 입장했다고 한다.

타타르인이 가지고 다닌다는 색칠한 작은 활을 들고 사회자 격의 사람은 흔히 어린 소년으로 큐피드 의상에 눈가리개를 하고 나타나는데, 타타르인들이 쓰는 특유의 짧고 많이 휘어진 활은 큐피드가 쓰는 활과 모양이 유사하다.

대본도 없이 대사 읽어 주는 사람이 시키는 대로 셰익스피어 시대 극장은 무대 한구석에서 대본을 보며 배우들에게 대사나 동작을 일러 주는 사람(prompter)이 있었다.

마음이 무거우니 햇불이나 들어야겠어 '햇불(light)'은 바로 앞의 '마음이 무겁다(heavy)'와 대조되는 '가볍다(light)'와 동음이의어이므로, '햇불을 들다'는 말에는 이중의 뜻이 있다.

35 **옛날부터 전해 내려오는 속담에 있듯이** 로미오는 "촛대를 들고 있는 자(즉 구경꾼)가 제일 잘하는 노름꾼"이라는 속담과 "노름이 잘 풀릴 때 그만두는 자가 현명하다"는 두 가지 속담을 언급하면서 자신은 연회에서 구경이나 하다 일찍 물러가겠다는 의사를 밝히고 있다.

꼼짝 말고 조용히 있어. 순경 나리의 말씀이다 "꼼짝 말고 조용히 있어(Dun's the mouse)"라는 머큐쇼의 말은 순경 나리의 명령을 바로 연상시킨다.

진흙탕에 빠진 갈색 말이라면 거기서 건져 주지 크리스마스 게임 가운데 진흙탕에 통나무(말에 해당함)를 박아 놓고 여러 사람이 그 통나무를 뽑아 올리는 게임(Dun is in the mire)이 있다.

간밤에 꿈을 꾸었어 로미오의 꿈은 그 내용이 구체적으로 언급되지 않지만 1막 4장 마지막 부분에 나오는 로미오의 마음속에 있는 불길한 징조에 대한 불안과 관련이 있는 듯하다. 다가올 비극에 대한 전조로서 꿈을 활용하는 예는 셰익스피어의 작품 곳곳에 나온다.

36 **거짓말한다는 꿈** '거짓말하다(lie)'는 '누워 있다(lie)'와 동음이의어이다. 따라서 머큐쇼의 이 대사도 두 가지로 해석할 수 있다.

매브 여왕 매브 여왕(Queen Mab)이란 이름의 기원은 확실하지 않으나 셰익스피어가 영국에서 처음으로 매브 여왕을 요정 여왕으로 불렀다고 한다. 그리고 여왕(Queen)은 '매춘부(quean)'와 발음이 같고, 당시에 매춘부를 나타내는 흔한 이름으로 '매브'가 쓰였다고 한다. 또한 머큐쇼가 묘사하는 매브 여왕은 주제 면에서나 이미지 면에서 셰익스피어의 희극 『한여름 밤의 꿈』과의 유사성을 보여 주는데, 이 희극에서 요정들은 인간들의 성적 욕망의 매개체로 활용되고 있다.

요정들의 산파 '요정들의 산파'라고 부른 이유는, 요정들 가운데 매브 여왕이 잠자는 인간의 머릿속에 있는 허황된 꿈이란 아이를 집어내는 역할을 맡기 때문이다.

38 **큰 불운이 다가올 전조라나** 흔히 게으른 사람의 뭉친 머리카락은

요정의 짓으로 생긴 것이고, 뭉친 머리카락을 풀면 요정이 복수할 거라 여겼다고 한다.

무거운 짐을 잘 떠안는 여인 머큐쇼가 여기서 말하는 '무거운 짐'은 여인을 위에서 누르는 남자를 가리키는 것이므로, '무거운 짐을 잘 떠안는 여인'은 곧 성행위를 능숙하게 하는 여인이라는 뜻이 된다.

39 **마지팬** marchpane, marzipan. 아몬드와 설탕, 달걀을 섞어 만든 과자.

40 **오래 살아남는 자가 다 차지할 테니** "결국 생존자가 다 갖게 된다 (the survivor takes all)"라는 격언을 인용하되 지금 이 순간을 즐기자는 식으로 써먹고 있다.

41 **캐풀렛 숙부님** 여기 '캐풀렛 숙부님'이란 인물은 'cousin Capulet' 으로 불리는데, 'cousin'이 꼭 사촌만이 아니라 친척 관계를 두루 이르는 말로 쓰이는 만큼 이 인물이 캐풀렛 연회에 초대된 손님 명단에 나오는 'uncle Capulet'일 가능성이 높아 '캐풀렛 숙부님'으로 옮겼다.

42 **흑인 여인의 귀에 걸린 값진 보석 같구나** '밤의 뺨에 매달린', 그리고 '흑인 여인의 귀에 걸린'이란 표현은 '밤의 어둠에 대비된', '검은 피부 때문에 더 빛나 보이는'이란 뜻으로, 줄리엣의 돋보이는 아름다움을 찬미하는 데 동원되고 있다.

44 **지금 당장은 달콤하게 보이는 이번 침입을 반드시 쓰디쓴 쓸개즙으로 바꾸어 주마** 티볼트가 말한 '달콤한' 침입과 '쓰디쓴' 쓸개즙의 대비 는 1막 1장에서 로미오가 사랑을 정의할 때 사용한 "숨 막히게 쓴 쓸개즙이면서 활력 주는 감로수"라는 표현에서도 비슷하게 나왔다.

거룩한 성전 줄리엣의 손을 가리킨다.

45 **기도는 들어주되 성자는 움직이지 않지요** 움직이지 않는 성자는 성상(statue)을 뜻하며, 줄리엣은 자신이 성상처럼 움직이지 못하지만 로미오가 원하는 기도(키스)를 허락할 의향이 있음을 에둘러 말하고 있다.

줄리엣에게 키스한다   로미오와 줄리엣이 처음 만나서 나누는 이 대화는 특별히 소네트 형식을 취하고 있다. 로미오가 먼저 첫 번째 4행을, 줄리엣이 두 번째 4행을, 로미오와 줄리엣이 번갈아 한 행씩 그리고 로미오가 두 행을 말해 세 번째 4행을 완성하고, 마지막 대구 2행은 줄리엣과 로미오가 한 행씩 말함으로써 완성한다. 그리고 첫 번째 소네트가 끝나고 두 사람이 나누는 키스가 소네트라는 연애시의 완결 행위라 할 수 있다.

다시 줄리엣에게 키스한다   두 번째 소네트는 첫 번째 4행에서 중단되고 키스로 마감하며, 뒤이어 유모가 등장한다.

예절 교본대로 키스를 하시는군요   줄리엣은 로미오가 '예절 교본대로(by the book)' 형식에 맞춰 키스한다고 살짝 꼬집는 여유를 보여 주고 있다.

46   **내 무덤이 내 신방이 될지도 몰라**   이렇게 '무덤'과 '신방'을 연결시켜 '죽음'을 줄리엣의 '연인'으로 묘사하는 복선은 이후 작품 곳곳에 등장한다.

방금 내가 함께 춤춘 사람에게서 배운 노래예요   줄리엣이 '함께 춤춘 사람'이라고 말한 대상은 로미오지만, 줄리엣이 로미오와 춤을 추지 않았기 때문에 줄리엣의 이 대사는 모호하다.

48   **코러스**   1막 서사와 마찬가지로 2막 시작 부분의 이 코러스의 서사도 소네트 형식을 취하고 있다. 그런데 이번 서사는 이미 1막에서 일어난 내용과 바로 다음 장면에 나올 내용을 알려 주는 정도의 구실에 그치고 있어서, 오히려 극의 진행 흐름을 방해하는 불필요한 부분으로 여겨지기도 하고 따라서 공연에서 생략되는 경우가 많다. 그리고 뉴케임브리지 편집본의 경우에서 보듯, 이 코러스가 2막 시작 부분이 아니라 1막 마지막 부분에 배치되는 경우도 있다.

미인   로미오가 짝사랑하던 로절라인을 가리킨다.

50   **우울한 흙덩이여, 발길 돌려 그대의 중심을 찾아가라**   인간의 몸은 흙으로 빚어졌고, 4원소(four elements) 중 흙이 가장 무겁고 따라서

우울한 기질과 연관된다고 믿기 때문에 로미오는 자신을 '우울한 흙덩이'로 부르는 듯하다. 그리고 물론 줄리엣이 로미오의 마음/존재의 중심이 되어 버렸다.

51 **"아, 어떡해!"라고 외치든, '사랑'이든 '비둘기'든 말해 봐** 흔히 사랑에 빠진 연인의 입에서 나오는 말은 (2막 2장 발코니 장면에서 줄리엣의 첫 대사와 마찬가지로) "아, 어떡해(ay me)"라든지, '사랑(love)', '비둘기(dove)'처럼 운율이 맞는 단어를 늘어놓는 언설이라는 뜻이다.

젊은 아브라함 큐피드의 별명 하나라도 대 봐 반벌거숭이로 미친 척하고 마을들을 떠돌면서 물건을 훔치곤 하던 거지가 '아브라함 맨(Abraham man)'이었다고 하는데, 머큐쇼는 큐피드의 별명으로 '아브라함'을 붙이고 로미오에게도 그런 식으로 별명을 대 보라고 부추긴다.

거지 처녀를 사랑하게 만들었다는 그 큐피드 말이야 당시 부르던 발라드 중에서 「코페투아 왕과 거지 처녀(King Cophetua and the Beggar-Maid)」라는 곡이 있었다고 한다. 셰익스피어는 『사랑의 헛수고』, 『리처드 2세』에서도 이 발라드를 언급하고 있다.

원숭이 녀석이 죽었나 로미오가 원숭이처럼 죽은 척하는 연기를 하고 있다는 뜻이다.

생전의 네 모습으로 우리 앞에 나타나라! 마치 로미오가 죽은 사람인 양 주문을 외워 생전의 모습으로 로미오 귀신을 불러내려는 머큐쇼의 농지거리 수작이다.

52 **그를 살려 세워 놓으려는 것뿐이니까** 머큐쇼가 '애인의 동그라미', '세우다', '쓰러지다' 등의 표현으로 이어 가는 말은 모두 남녀의 성기와 관련 있는 성적 의미를 담고 있는 음담패설이다.

서양모과가 되고 ~ 서양배라면 오죽 좋겠는가! 서양모과(medlar)는 갈색빛 껍질을 한 장미과의 작은 열매인데, 그 생김새가 여인의 엉덩이를 닮았다고 해서 속칭 '벌어진 궁둥이(open-arse)'라고도 부른다. 서양배(poperin pear)는 웨스트플랑드르 지방의 포페린게(Poperinghe)라는 지명에서 따온 이름이라고 하는데, 그 생김새가 남자의 성기 모양을 닮았다고 한다.

53 **2층 창문에 등장한다** 영국 르네상스 시대 무대 연출 관습에 따르면, 구애하는 남성이 아래쪽에 있고 구애받는 여성이 2층 창문에 등장할 때, 대개 창문을 나타내는 자리 옆에 촛불을 밝혀서 그녀를 '빛'으로 혹은 '하늘'로 묘사하는 것이 그냥 상징적인 비유가 아니라 말 그대로의 뜻까지 전하게 만들었다고 한다.

달의 시녀인 그대 달의 여신 디아나(Diana)는 순결의 여신이기도 한 만큼 처녀들의 수호신이 되고, 처녀들은 처녀로 남는 한 달의 여신을 섬기는 시녀로 간주된다.

순결의 표시인 달의 시녀복은 파리한 푸른색이라 바보가 아니라면 아무도 그 옷을 입지 않으리 달의 시녀복을 입는다는 것은 처녀성을 지킨다는 뜻이므로 그것이 '바보(fool)' 같은 행위라는 의미이다. 또한 'fool'이란 단어는 어릿광대라는 뜻도 있어서 어릿광대가 입는 푸른색 '광대복(motley)'을 걸친다는 의미도 있다.

58 **연인들의 거짓말은 주피터 신도 웃어넘긴다잖아요** 로마의 시인 오비디우스의 『사랑의 기술(*Ars Amatoria*)』에 나오는 구절로, 연인들 사이의 언약은 너무도 믿을 게 못 되어 주피터 신도 이들의 거짓말은 심하게 벌주기보다는 웃어넘긴다는 뜻이다.

62 **쉿! 로미오! 쉿! 아, 매사냥꾼의 소리로 이 멋진 수컷 매를 불러들일 수 있으면 얼마나 좋을까!** 줄리엣은 매사냥꾼이 매를 불러들일 때 내는 '쉿(hist)' 소리로 어둠 속에서 로미오를 부르고 있다.

허공을 울리는 여신의 목소리가 내 목소리보다 더 쉬게 만들 텐데 자기 자신과 사랑에 빠진 미남 청년 나르키소스(Narcissus)를 헛되이 연모한 요정 에코(Echo)는 자신의 사랑이 받아들여지지 않자 동굴 속에서 시름시름 앓다가 결국 목소리만 남게 되었으며, 자기가 먼저 말을 건넬 수 없고 남의 말을 똑같이 메아리로 따라 하는 것만 가능해졌다고 한다.

63 **수도원** 여기서 '수도원'으로 옮긴 곳은 엄밀히 말하면 수도원의 신부가 거처하는 독실(cell, 獨室)이지만, 수도원으로 옮겨도 큰 무리가 없다고 판단하여 극 중에서 모두 수도원으로 하였다.

64 **태양신 타이탄** 그리스 신화에 나오는 태양신 헬리오스(Helios)를 가리킨다. 3막 2장에서 줄리엣은 태양신으로 포이보스 아폴로를 인용하는데, 아폴로가 태양신 헬리오스의 자리를 이어받았다는 설도 있고 두 신을 태양신으로 혼용해서 쓰기도 한다.

66 **어떤 사람이 제게 상처를 주었고 그 사람도 제게 상처를 입었어요** 로미오와 줄리엣이 서로에게 사랑의 화살을 쏘아 맞히니 상처를 주고 상처를 입은 셈이다.

70 **고양이들의 왕** 유서 깊은 동물 우화 전통에 기반을 둔 중세 유럽 문학의 대표작인 『레이너드 여우 이야기(*Raynard the Fox*)』에서 고양이들의 왕으로 나오는 인물의 이름이 티버트(Tybert) 혹은 티볼트(Tibalt)이다.

앞 찌르기! 뒤 찌르기! 급소 찌르기! '앞 찌르기(passado)', '뒤 찌르기(punto reverso)', '급소 찌르기(hay)'는 모두 펜싱 용어이다. 특히 마지막 '급소 찌르기'는 상대의 급소를 찔렀음을 알리고 결투를 마무리할 때 내는 소리이다. 벤볼리오는 이 용어를 모르는 듯하다.

뼈다귀! 뼈다귀(bones)는 프랑스어로 '좋다(bon)'는 뜻의 복수형 'bons'와 비슷한 형태의 단어이고 따라서 머큐쇼가 말장난하는 것이다.

어란(魚卵)이 없으니, 말라비틀어진 청어 꼴이군 로미오의 이름 첫 음절과 발음이 비슷한 '어란(roe)'으로 말장난을 하면서 흔히 사랑에 빠진 연인은 식욕을 잃고 마르기 마련이라는 점을 로미오에게도 적용하여 '말라비틀어진 청어'란 표현을 쓴 것이다.

71 **페트라르카가 흘러넘치도록 썼다는 연가(戀歌)를 이제 이 친구도 쓰다나** 프란체스코 페트라르카(1304~1374)는 이탈리아의 인문

주의자이자 시인으로, 유명한 소네트 연작 연가(Song Book, Il Canzoniere)를 남겼다. 이 연가에서 시인은 아름답지만 좀처럼 마음을 주지 않는 라우라(Laura) 때문에 사랑의 고통을 겪는다. 로절라인을 짝사랑하던 시절의 로미오는 그와 닮았다.

디도는 추녀, 클레오파트라는 집시~티스베도 별 볼 일 없는 계집이라는 군 디도(Dido)는 아이네이아스에게 실연당해 자결한 카르타고의 여인, 클레오파트라(Cleopatra)는 로마의 장군 안토니우스와 사랑을 이루지 못한 이집트의 여왕, 헬레네(Helene)는 그리스 연합군과 트로이가 벌인 전쟁의 원인이 된 망국지색의 미인이다. 헤로(Hero)는 아프로디테 여신의 여사제로 레안드로스라는 청년과의 비극적 사랑으로 유명하다. 티스베(Thisbe)는 피라모스를 사랑한 바빌론의 미녀로, 피라모스는 티스베가 사자에게 잡아먹힌 줄 알고 절망하여 자살하고, 그녀도 피라모스를 따라 자살한다(피라모스와 티스베의 일화는 셰익스피어의 『한여름 밤의 꿈』에 극중극으로 등장함). 여기 언급된 다섯 명의 여인은 모두 비련의 여주인공이다.

프랑스식 바지 통이 넓은 남성 바지.

73 **멋진 물건** 로미오가 '멋진 물건(goodly gear)'이라고 부른 대상은 분명하지 않다. 친구들과 주고받던 농담의 연장선에서 떠오른 말일 수도 있고, 때마침 등장한 유모와 피터를 가리킬 수도 있다.

바지와 치마 '남자'와 '여자'를 가리킨다.

74 **토끼다!** 머큐쇼는 사냥감을 찾은 사냥꾼이 내는 소리를 짐짓 따라 하는데, '매춘부(bawd)'는 '토끼(hare)'의 사투리고 'hare'는 또 다른 매춘부란 단어 'whore'를 대신 가리키는 은어로 흔히 쓰였다고 한다. 토끼는 속담에 주로 음탕한 동물로 나오는데, 머큐쇼는 유모가 로미오에게 음탕한 수작을 거는 것이라 여겨 외설적인 농담을 계속하고 있다.

75 **마님, 마님, 마님** 머큐쇼가 부르는 노래 가사 '마님, 마님, 마님(lady, lady, lady)'은 당시 유행하던 발라드의 후렴구이다.

76 **바보의 낙원으로 데리고 가시면**　바보의 낙원으로 데려간다는 것은 나쁜 뜻으로 속이거나 유혹한다는 뜻이다.

77 **"하나가 없어지면, 둘이 비밀을 지킬 수 있다"라는 말**　"하나가 모르면, 둘이 비밀을 지킬 수 있다"는 속담을 일컫는 듯한데, 여기서 '하나'는 '둘 중의 하나'인지 세 번째 사람을 가리키는 '하나'인지가 불분명하다. 이와 비슷하나 다소 변형된 형태의 "세 번째 사람이 빠지면, 둘이 비밀을 지킬 수 있다"는 속담은 셰익스피어의 비극 『타이터스 앤드로니커스』4막 3장 144행에 나온다.

78 **아르르 소리 내는 개의 이름이잖아요**　알파벳 철자 아르(R)는 발음이 개가 으르렁거리는 소리를 닮았다 하여 '개의 철자(dog's letter)'로 불렸다고 한다.

80 **납가루처럼 창백해**　흔히 우울한 기질과 연관되는 금속인 납의 색깔이 창백하게 보이기도 하고, 또 일부러 창백한 피부색을 만들기 위해 화장용으로 쓰였던 하얀 납가루를 가리킬 수도 있다.

86 **더운 날에는 피도 미쳐 날뛰기 마련이니까**　이 작품의 사건들은 소위 복날(dog-days)이라 부르는 7월 중순 한여름에 일어난다. 특히 이탈리아에서는 이 시기에 신체적인 폭력 관련 사건이 많이 발생했다고 한다.

87 **한 시간 십오 분짜리로 내 목숨에 대한 소유권을 송두리째 팔아넘기는 게 남는 장사겠어**　벤볼리오는 머큐쇼처럼 싸우다가는 그 짧은 한 시간 십오 분짜리 목숨도 제대로 못 살고 더 일찍 죽을 것이므로 자신의 목숨에 대한 소유권을 송두리째 파는 것이 더 이익이라고 말한다. '송두리째(simple)'라는 단어는 '멍청하다'는 뜻도 갖고 있다.

89 **로미오가 제 종놈 옷이라도 입은 거라면**　티볼트는 로미오를 보고 '내가 찾던 놈'이란 뜻으로 'my man'이라고 말했는데, 머큐쇼는 이를 의도적으로 '내 하인'으로 곡해하여 로미오가 티볼트의 하인이라면 하인의 제복을 입어야 함을 비꼬며 시비를 걸고 있다.

애정　직설적으로 증오를 표출하는 티볼트의 입에서 나온 '애정

(love)'이란 단어는 놀랍게도 반어적인 발언이다. 그래서 제1사절판(Q₁)에 나오는 '증오(hate)'라는 표현을 '애정' 대신 채택하는 편집본도 더러 있다.

90 고양이들의 왕 놈아, 네놈의 아홉 개 목숨 중 한 개만 내놔 전설에 의하면 고양이는 목숨이 아홉 개라고 한다. 머큐쇼는 티볼트를 '고양이들의 왕'이라 부르고 있기 때문에 티볼트의 아홉 개 목숨 중 하나를 내놓으라고 하는 것이다.

92 티볼트는 한 시간 전에 내 친척이 되지 않았던가! 로미오가 한 시간 전에 줄리엣과 비밀 결혼식을 올린 순간, 줄리엣의 친척 티볼트는 로미오의 친척도 되었다는 뜻이다.

사랑하는 줄리엣, 그대의 아름다움이 날 여자 같은 남자로 만들었고 셰익스피어 시대에 '여자 같은(effeminate)' 남자는 유약하고 이성적이지 못하고 감정에 탐닉하는 남자를 부정적으로 일컫는 말이었다. 흔히 여인과 사랑에 빠진 남자는 부드럽고 감각적인, 즉 여성적인 감정에 사로잡히는 것으로 간주되었으며, 로미오는 아름다운 줄리엣 때문에 자신이 연약하고 용감하지 못한 남자가 되었다고 자책하는 것이다.

95 이 흉측한 싸움에는 20여 명이 가담했는데 캐풀렛 부인이 20여 명이 싸움에 가담했다고 한 말은 물론 과장이다. 티볼트의 죽음이 로미오와 일대일 결투의 결과가 아니고, 몬터규 가문 쪽의 부정행위가 있었을 것이라고 주장하려는 의도에서 나온 말이다.

97 너희 불붙은 발굽을 지닌 말들아~ 너희를 서쪽으로 채찍질하여 당장 깜깜한 밤을 가져다줄 텐데 그리스·로마 신화에 나오는 태양신 포이보스 아폴로(Phoebus Apollo)의 아들 파에톤(Phaeton)은 아버지의 경고를 무시한 채 수레 마차를 끌고 나갔다가 "불붙은 발굽을 지닌 말들"을 통제하지 못해서 궤도를 이탈하는 사고를 냈고, 화가 난 주피터 신은 파에톤에게 벼락을 때려 그를 죽였다. 로미오와의 첫날밤을 애타게 기다리는 줄리엣은 파에톤 같은 마부가 수레 마차

를 몰아서 낮을 밤으로 더 빨리 바꿔 주길 고대한다. 줄리엣의 이 독백은 결혼 축가(epithalamium) 형식을 취하고 있지만 아이로니 컬하게도 파에톤 일화를 인용하면서 자기도 모르게 파국의 결말을 암시하고 있다.

이기게 되어 있는 시합에서 지는 법을 내게 가르쳐 줘 첫날밤 줄리엣 이 주는(지는) 행위로써 자신의 마음이 원하는 바를 얻고(이기고) 싶다는 뜻이다.

98 **내가 황홀해 죽게 되면** 영어 어휘 'die'는 '죽는다'는 뜻 말고 '성적 극치감을 맛보다'는 뜻도 동시에 갖고 있으므로 줄리엣의 대사는 이중적으로 해석될 수 있다.

99 **저 독사의 독기 서린 눈초리보다 더 치명적인 독이 될 거야** 머리, 다리, 날개는 닭의 모습이고 몸과 꼬리는 뱀의 모습을 하며, 쳐다보는 눈 초리만으로도 상대를 죽일 수 있다는, 신화 속에 등장하는 뱀 코카 트리스(cockatrice)를 일컫는다.

100 **천한 흙은 다시 흙으로 돌아가라** 줄리엣이 말하는 '천한 흙'은 자신 의 육신을 가리킨다. '천한 흙은 다시 흙으로 돌아가라'는 뜻은 죽 으라는 것이다. 「창세기」 3장 19절, "너는 흙이니 흙으로 돌아갈 것 이니라" 참조.

110 **'오!'에만 빠져 계시는 겁니까?** '오(O)!'는 슬픔에 신음하는 소리지 만 또한 속으로 여성의 성기를 가리키므로, 유모는 '일어나다', '세 우다'와 같은 말과 함께 자기도 모르게 상스러운 음담패설을 하고 있는 셈이다.

제가 그 저주스러운 집을 약탈해 버리겠어요 줄리엣은 3막 2장에서 로미오의 몸을 '사랑이란 집(the mansion of a love)'이라고 불렀 는데, 여기서의 로미오는 자신의 몸을 '저주스러운 집(the hateful mansion)'으로 부르고 그것을 약탈해 버리겠다고, 즉 자살하겠다 고 말한다.

111 **고리대금업자처럼 모든 걸 넘치게 갖고 있으면서~그것을 전혀 쓰지 않**

다니　고리대금업자가 돈을 빌려 주고 이자를 받는 것은 돈을 제대로(진실하게) '사용(use)'하지 못하고 '남용(misuse)'하는 것으로 흔히 간주했다고 한다. 로런스 신부는 로미오가 자신의 재산(용모, 사랑, 지혜)을 제대로 사용할 생각은 않고 남용할(자결할) 생각만 한다고 꾸짖는 것이다.

112　**야경꾼이 배치될 때까지 머물지 않도록 조심해야 하네**　야경꾼이 배치되는 시각에 도시의 성문이 잠긴다.

116　**종달새가 아니라 소쩍새 소리였어요**　영국 문학에서 '종달새'는 아침을, '소쩍새'는 밤을 알리는 대표적인 새로 등장한다.

117　**밤하늘의 촛불들**　별들을 가리킨다.

　　달의 여신 킨티아　그리스 신화 속 달의 여신은 아르테미스(Artemis)이고 로마식 이름은 디아나(Diana)인데, 이 달의 여신의 별명이 킨티아(Cynthia)이다.

118　**창문아, 낮은 안으로 들이고 목숨은 밖으로 내보내라**　줄리엣은 창문을 넘어 아래로 내려가려는 로미오를 자신의 '목숨'이라고 표현하고 있다.

122　**정말 저는 절대로 로미오에게 만족 못할 겁니다~맘껏 표현할 수 없다니요!**　줄리엣의 이 대사는 모두 이중적인 의미를 갖고 있다. 어머니에게는 로미오에게 복수를 원하고 그를 비난하는 듯 말하지만, 속으로는 로미오를 다시 만나 사랑을 표현할 기회를 간절히 원하는 마음이 담겨 있다.

127　**어떻게 그 서약이 지상으로 다시 돌아올 수 있겠어?**　줄리엣은 이미 결혼 서약을 맺어 남편이 된 로미오가 죽지 않는 이상 절대 로미오와의 결혼 서약을 깨뜨릴 수 없다는 뜻으로, 하늘나라로 간 서약을 지상으로 되돌릴 수 없다고 말하는 것이다.

129　**지금부터 당신과 내 가슴속은 둘로 나뉘어 남남이 될 것이야**　줄리엣이 유모에게 더 이상 속마음을 털어놓지 않겠다고 다짐하는 것이다.

132　**전 그분을 사랑하고 있다고 당신께 고백합니다**　줄리엣이 사랑하고 있

다고 말하는 '그분'은 물론 로미오지만 패리스는 '그분'을 자신으로 오해한다.

제 얼굴 앞에서 '제 얼굴 앞에서(to my face)'는 등 뒤가 아닌 '면전에서'라는 뜻과 '제 얼굴을 두고'라는 뜻 두 가지를 다 지닌다. '면전에서'라는 뜻으로 해석하면 숨어서 하는 거짓말이 아닌 사실을 말한다는 게 된다.

그 얼굴은 제 것이 아니니까요 줄리엣은 패리스 백작과의 대화에서 계속 이중적인 뜻을 갖는 말을 할 수밖에 없다. 가령 자기 얼굴을 제 것이 아니라고 말할 때 그건 패리스가 자기 것이라고 주장하니까 그렇기도 하고, 또한 자기 자신이 통째로 로미오 것이라고 속으로 생각하기 때문에 그렇기도 하다.

135 **마흔두 시간이 경과하면** 줄리엣이 약을 받는 시간이 화요일 밤이니까 로런스 신부의 설명대로 마흔두 시간이 지나면 목요일 낮이 되는 셈이므로 앞으로 벌어지는 극 중의 시간 프레임과 정확히 맞아떨어지지는 않는다. 하지만 이렇게 구체적인 시간을 언급함으로써 사건 진행의 급박함을 일깨우는 효과가 있다.

136 **새신랑이 아침에 잠자리로 널 깨우러 올 땐** 당시의 결혼 관습에 의하면, 결혼식 당일 아침 신랑은 신부의 집 창가에 와서 악대의 음악으로 신부를 깨우는 것이 관례였다고 한다.

137 **솜씨 좋은 요리사 스무 명을 불러오너라** 3막 4장에서 캐풀렛은 티볼트의 죽음 이후 얼마 안 되어 치르는 결혼식인 만큼 줄리엣의 결혼식은 대여섯 명의 하객만 초대하는 간소한 예식이 될 거라고 말한 바 있는데, 이 장면에서 캐풀렛은 이를 다 잊은 듯하고 오히려 흥분하여 20명의 요리사를 불러 피로연을 준비하는 등 성대한 결혼식 준비에 분주한 모습을 보인다. 캐풀렛의 충동적인 면을 보여 주는 장면이라고 하겠다.

자기 손가락을 핥을 줄 아는지 요리사가 자기 손가락을 핥지 않으면 자기가 만든 요리에 자신이 없다는 뜻이라는 말이 있었다고 한다.

138 **무릎을 꿇는다** 줄리엣이 무릎까지 꿇으면서 아버지 뜻에 순종하겠다는 태도를 보인 것은 4막 1장에 나오는 로런스 신부의 당부와 비교해서도 조금 지나친 면이 있다. 충동적인 성격의 캐풀렛은 이를 보고 흡족한 나머지 그렇지 않아도 성급하게 치러지는 결혼식을 수요일로 하루 앞당기는 결정을 내리게 되고, 그로써 비극적인 파국의 결말을 낳는다.

목요일까진 그럴 필요 없다 캐풀렛 부인은 수요일로 결혼식을 앞당기려는 남편의 결정에 반대하면서 목요일에 치를 것을 말하는데, 바로 다음 대사를 보면 남편은 부인의 뜻과는 상관없이 "우린 내일 교회에 가야 할 테니까"라고 말함으로써 자신의 결정에 쐐기를 박는다.

140 **비뚤어지고 죄로 가득한 내 처지를** 로미오와 이미 결혼했는데 또 패리스 백작과 결혼식을 올린다면 중혼(重婚)이 되는 셈이므로, 줄리엣은 이를 '비뚤어지고 죄로 가득한 처지'라 말하고 있다.

142 **땅에서 뽑힐 때 나는 흰독말풀의 비명 소리에** 흰독말풀(mandrake)은 뿌리가 사람의 신체 모양으로 꼬여 있고 효과가 강한 독초인데, 이 뿌리를 땅에서 뽑을 때 나는 소리가 매우 위험하여 이 소리를 들으면 사람이 죽거나 미치게 된다고 한다.

143 **안젤리카** Angelica. 유모의 이름일 가능성이 크지만 다른 여자 하인일 수도 있다.

150 **시신을 로즈메리로 장식하십시오** 로즈메리(rosemary)는 바늘 같은 푸른 잎과 특유의 향을 가진 여러해살이 약초. 로즈메리라는 이름은 라틴어로 '바다의 이슬'이라는 뜻이며, 꽃말은 기억 혹은 추억이다. 결혼식이나 장례식 때 중요하게 쓰였다고 한다.

악기통 판 유모가 말한 '딱한 판(case)'은 '딱한 처지'라는 뜻이지만 악사 1은 이를 자신의 직업에 어울리게 '악기통 판'으로 받아 대꾸한 것이다.

151 **'레' 소리를 내고, 또 쳐서 '파' 소리를 내 줄 테다** 음계 '레(re)'는 '더럽

히다'는 뜻이 있는 'ray'와 발음이 비슷하고, '파(fa)'는 '치우다'는 뜻의 'fay'와 발음이 비슷해서 피터가 악사들을 놀려 먹고 있다.

152 악사들이 소리를 내 봐도 호주머니에 쩔렁거릴 금화가 없으니 그런 거야 악사들이 음악을 연주해도 돈(금화)을 받지 못한다, 그래서 호주머니 안에 돈(금화)이 없을 것이라는 뜻이다.

153 내 가슴의 주인인 사랑이 내 가슴의 주인(bosom's lord)은 큐피드이므로 곧 사랑을 가리킨다.

156 더컷 ducat. 당시의 금 동전.

158 탁발 사제 한 분을 찾으러 갔다가 프란체스코 수도회 소속의 수도자들은 밖으로 나갈 때 두 명씩 동행했다고 한다.
전염병이 창궐한 집에 있었다고 의심하는 바람에, 문을 폐쇄하고 우릴 밖으로 내보내 주지 않았답니다 중세 유럽에 흑사병과 같은 전염병이 창궐하여 수많은 사람들이 목숨을 잃었던 것은 잘 알려진 역사적 사실이며, 셰익스피어 시대에도 전염병 때문에 종종 극장이 폐쇄되고 연극 공연이 금지되기도 했다.

166 모든 걸 독점한 죽음과 맺는 무기한 계약 증서에 도장을 찍어라! 로미오는 모든 것을 독점하는(삼켜 버리는) 죽음과 맺는 계약서의 계약 기한이 영원하므로(죽음은 영원하므로) 무기한 계약이라고 표현하고 있다.

176 과부 재산 jointure. '부부 재산 계약(marriage settlement)'을 맺을 때 신부가 가져가는 지참금 혼수 대신 결혼 후 남편이 아내에게 주기로 설정한 재산을 말한다. 만일 남편이 죽어 아내가 과부가 되면 이 재산은 과부 아내의 소유가 되므로 '과부 급여 재산'이라고도 부른다.

낭만적 사랑의 신화: '로미오와 줄리엣'

서경희(광주대 국제언어문화학부 교수)

1. 글로벌 문화 아이콘

1564년 영국의 중부 지방 워릭셔(Warrickshire) 주의 작은 읍 스트랫퍼드어폰에이번(Stratford-upon-Avon)에서 태어나 20여 년에 걸쳐 수많은 걸작 희곡을 쓴 인기 극작가이자 시인으로 활동하다 은퇴하여 유복한 여생을 보내고 1616년 세상을 떠난 윌리엄 셰익스피어(William Shakespeare)는 이제 영국을 대표하는 위대한 작가 정도가 아니라 명실공히 글로벌 문화 아이콘으로 자리잡았다. 특히 2014년은 탄생 450주년이었고, 2016년은 셰익스피어가 사망한 지 400년이 되는 해인 만큼, 최근 전 세계적으로 셰익스피어 관련 학술 활동 및 다채로운 문화 예술 행사가 폭발적으로 늘어난 것도 그리 놀랍지 않다.

예컨대 영국의 대표적인 셰익스피어 극 공연장 '글로브(Globe)' 극장은 2012년 4월 23일부터 6월 9일까지 '지구에서 지구로

(Globe to Globe)'라는 이름의 특별한 연극제를 열었다. 이것은 2012년 런던 올림픽 대회가 열리는 해에 '세계 셰익스피어 축제'의 일환으로 개최된 연극제로서, 셰익스피어의 37개 작품을 37개국의 대표 극단이 37개의 자국 언어로 상연한 획기적인 행사였다. 6주간 열린 이 연극제의 관람객이 10만 명이 넘었다고 하니 그 인기를 짐작할 만하다. 이 연극제에 초대된 우리나라 극단 '여행자'는 대표 레퍼토리인 『한여름 밤의 꿈(*A Midsummer Night's Dream*)』을 자막 없이 우리말로 무대에 올렸음에도 큰 호평을 받았고, 이웃 나라 중국, 홍콩, 일본 극단도 『리처드 3세(*Richard III*)』, 『맥베스(*Macbeth*)』, 『코리올레이너스(*Coriolanus*)』를 베이징어, 광둥어, 일본어로 선보였다. 2012년 이후 매년 여름 이 연극제 참여작 중 일부는 글로브 극장에 다시 초청되어 공연을 이어 가고 있으며, 올해는 '셰익스피어 400'이라는 이름 아래 기획된 각종 행사가 연중 열릴 예정이다. 이렇게 '지구에서 지구로'라는 연극제는 제목으로나 내용으로나 현재 셰익스피어가 누리는 특별한 지위를 웅변하는 셈이다.

글로벌 문화 아이콘으로 셰익스피어의 지위를 확립하는 데 특별히 기여한 작품을 꼽을 때 『로미오와 줄리엣』을 빼놓을 수 없다. 『로미오와 줄리엣』은 『햄릿(*Hamlet*)』 다음으로 가장 많이 연극 무대에 올랐을 뿐 아니라 오페라, 발레, 뮤지컬, 영화, 텔레비전 드라마, 만화, 광고 등 수많은 예술 문화 및 대중문화 장르에 특별한 영감을 제공해 주었기 때문이다. 4백 년이 넘는 세월의 우여곡절을 견뎌 낸 『로미오와 줄리엣』의 두 연인은 이제 온갖 예술 문화/대중문화 매체를 통해 '시간을 초월한' 낭만적 사랑의 대명사가 되었고, 『로미오와 줄리엣』의 주 무대인 이탈리아 베로나에 있는 '줄리엣의 발코니'는 세계적인 관광 명소가 되었다.

2010년 개봉작 「레터스 투 줄리엣(Letters to Juliet)」에는 흥미롭게도 전 세계 수많은 사람들이 베로나의 줄리엣에게 보낸 편지에 답장을 써 주는 '줄리엣 클럽'의 '비서들'이 등장한다(마치 핀란드에 있다는 '산타 마을'로 산타클로스에게 편지를 보내면 답장을 해 주는 '요정들'이 있는 식이다). 이 영화에 실질적인 영감을 제공한 동명의 책에 의하면, '줄리엣 클럽'과 줄리엣의 대리인 노릇을 하는 '비서들'은 영화 속 허구가 아니라 베로나 시에 실제로 존재하는 기관이며 자원봉사자들이라고 한다. 게다가 베로나 시와 관광청의 후원을 받아 매년 치러지는 문화 행사 중에는 전년도에 줄리엣에게 보내온 편지들 가운데 '가장 절실한' 편지를 뽑아 밸런타인 축일에 '친애하는 줄리엣'이라는 이름의 상을 수여하는 행사까지 있다고 한다. 이렇게 줄리엣은 문학적 허구 속에만 존재하는 인물이 아니라 편지를 주고받을 수 있는 현실 속에 실재하는 인물로도 환생할 정도이다.

그러나 명심해야 할 점이 있다. 지금의 우리에게 너무도 친숙한, 그리고 '시간을 초월한' 듯 보이는 셰익스피어의 작품이 실은 16~17세기라는 먼 과거에, 그리고 영국이라는 먼 나라에서 탄생한 매우 낯선 작품이라는 사실을 말이다. 셰익스피어가 이룬 값진 성취는 뛰어난 개인의 재능의 산물일 뿐 아니라 시대적 환경과 역량의 산물이기도 하다. 셰익스피어가 활동한 시기의 영국은 한마디로 격변기였다. 자본주의 경제 체제의 태동, 종교 개혁, 절대 군주제를 근간으로 한 국민 국가의 성립, 핵가족 제도와 가부장제의 강화, 도시로의 인구 집중 등 현재의 영국을 만든 근원적인 변화들이 일어난 시기였다. 근대 이전과 다가오는 근대가 공존하는, 엄청난 변화와 갈등의 소용돌이 한가운데서 영국은 점차 유럽의 변방에서 열강으로 전환하기 시작했다.

또한 당시 런던에는 자본주의적 경제 발전의 결과로 물질적 여유를 갖게 된 사람들의 여가 시간을 채워 줄 전문 극장과 극단, 배우, 그리고 극작가가 영국 역사상 처음으로 등장했다. 물론 이들 연극 종사자 모두의 생계는 공연의 상업적 성공 여부에 달려 있었다. 가끔 배우도 겸한 전업 극작가이자 소속 극단의 공동 주주였던 셰익스피어는 완성된 대본을 극단에 팔아 챙기는 수입 외에 공연의 흥행 수입 중에서 일정 비율의 배당을 받게 되어 있었으니 당연히 작품의 흥행 결과에 더욱 민감할 수밖에 없었을 것이다. 또 셰익스피어 시대의 대중 극장은 돈만 내면 누구나 입장할 수 있었고, 부랑자에서 귀족, 국왕까지 사회의 거의 모든 계층을 관객으로 포괄한다는 점에서 역사상 유례를 찾기 힘든 특별한 연희 공간이었다. 게다가 그 시대의 대중 극장은 관객층만큼이나 다양한 당대의 온갖 상충되는 이념과 주장과 목소리들이 열띤 경합을 벌이던 장소였다. 이런 상업적인 대중 극장에서 작품의 흥행에 성공하려면 셰익스피어는 다양한 관객들의 서로 다른 주장과 욕구를 반영하면서도 이들 관객 중 어느 쪽도 표 나게 편들거나 불편하게 만들지 않는 아주 절묘한 솜씨를 발휘해야 했다. 따라서 셰익스피어 작품들에서 우리가 확인할 수 있는 놀라울 정도의 '중립성', 그리고 관객의 상상력을 한껏 자극하는 '다의성', '불확정성' 등의 특징들은 우연의 소산이 아닌 것이다. 이렇듯 셰익스피어와 그의 작품이 탄생한 시대의 역사적·문화적 맥락을 충분히 고려해야 한다는 말은 그 작품이 지닌 보편적 호소력이나 현재의 우리와 교감할 수 있는 열린 가능성을 배제한다는 뜻이 결코 아니다. 셰익스피어 작품이 그 시대의 산물이면서 또한 동시에 현재성을 지닐 수 있다는 점을 제대로 인식하는 일이야말로 셰익스피어를 좀 더 풍부하게 향유할 수 있는 방법일 터이다.

2. 출전과 집필 연도

불멸의 연인을 탄생시킨 작품 『로미오와 줄리엣』의 대중적 인지도가 높아지고, 또 여러 대중문화 장르를 통해 축약, 변안, 각색 등으로 변형된 『로미오와 줄리엣』에 많이 노출될수록 관객이나 독자들이 셰익스피어의 작품에 대해 어떤 식으로든 선입견을 갖거나 잘못된 지식을 얻을 가능성도 커지기 마련이다. 가령 1998년도에 개봉하여 이듬해 아카데미 작품상을 수상하고 흥행에도 성공한 영화 「셰익스피어 인 러브(Shakespeare in Love)」는 셰익스피어가 자신의 열렬한 사랑의 체험에서 영감을 얻어 『로미오와 줄리엣』을 창작했다는 식으로 전개된다. 관객들은 순전히 이 영화가 만들어 낸 그럴듯한 허구를 객관적 사실로 오인할 수도 있다. "명작 『로미오와 줄리엣』이 어떻게 쓰였나 알고 싶다면 영화 「셰익스피어 인 러브」를 주목하라!"와 같은 선전 문구는 이런 오해를 더욱 부추긴다. 여기에 위대한 작가에게 기대하는 소위 '독창적인 천재성'의 신화가 덧붙여지면, 셰익스피어의 『로미오와 줄리엣』은 어떤 선배 작가의 작품도 참조하지 않은 셰익스피어만의 '순수한' 창작물로 간주될 공산이 크다.

하지만 사실은 그렇지 않다. 『로미오와 줄리엣』은 셰익스피어의 대부분의 다른 극들과 마찬가지로 이미 알려진 이야기들을 바탕으로 하고 있다. 그리고 셰익스피어는 선배 작가들과 마찬가지로 자신의 작품을 개인의 독창적 재능의 산물이자 작가의 사적 소유물로 생각하지 않았다. 셰익스피어의 시대는 어떤 작품이 그것을 쓴 작가의 사유물이 아니라 그것을 가능하게 한 공동체의 공동 재산으로 간주하던 때인 만큼, 근대 이후 우리가 문제 삼는 '표절'의 혐의 없이 셰익스피어는 실제로 선배 작가들의 작품에서 많은 부분을 자유롭게 빌려다 썼다.

『로미오와 줄리엣』의 두 주인공과 비슷하게 비극적 죽음을 맞는 비운의 두 연인이라는 유형은 옛 전설이나 신화, 중세 로맨스에서도 쉽게 찾을 수 있다. 피라모스와 티스베(Pyramus and Thisbe), 헤로와 레안드로스(Hero and Leandros), 트리스탄과 이졸데(Tristan and Isolde), 트로일로스와 크리세이드(Troilus and Criseyde) 등이 그 예다. 또한 연인과의 결별, 그 이후의 수면제(sleeping potion) 사용이 등장하는 이야기는 일찍이 2~3세기 그리스의 산문 작가 크세노폰(Xenophon of Ephesus)이 쓴 『에페소스 이야기(*Ephesiaca*)』를 비롯한 후대의 여러 작품에 나온다.

　15~16세기에 오면 유럽에서 원수 집안에 태어난 두 연인을 소재로 한 일련의 노벨라(단편소설보다는 길고 장편소설보다는 짧은 산문 이야기) 작품들이 유행했다. 이탈리아 베로나를 무대로 서로 원수지간인 몬테키(Montecchi) 가문과 카풀레티(Capuleti) 가문에서 태어난 연인 로메오(Romeo)와 줄리에타(Giulietta)를 등장시키고 로렌초(Lorenzo) 신부로 하여금 이들을 비밀리에 결혼시켜 두 가문의 화해를 꾀하지만 결국 두 연인의 비극적인 죽음 이후에야 화해가 가능해진 결말을 내용으로 하는 루이지 다 포르토(Luigi da Porto)의 1530년도 작품이 그중 대표작이라고 하겠다. 다 포르토의 작품은 인물 이름에는 다소 차이가 있지만 셰익스피어의 『로미오와 줄리엣』의 기본 줄거리와 주요 등장인물을 거의 다 망라한다. 다 포르토의 노벨라에 유모와 벤볼리오에 해당하는 등장인물을 추가하고 약간 다른 디테일을 더한 작품이 1554년 마테오 반델로(Matteo Bandello)의 노벨라 모음집 2권의 여섯 번째 이야기이다. 1559년 피에르 보에스튀오(Pierre Boaistuau)는 반델로의 작품에 살을 좀 더 붙여 프랑스어로 번역했고, 영국 작가 아서 브룩(Arthur Brooke)은 이 프랑스어 번역을 다시 약간 변형시켜 1562년 3,020행에 달하는 긴 영어 운문으로 번역해 낸다. 이런 일련의 과정을 거쳐 탄생한 브룩의 장시가 바로 셰익스피어의 『로미오와 줄리엣』의 가장 직접적이고 중요한 출전으로 간주되는 『로메우스와 줄리엣의 비극적 이야기(*The Tragicall Historye of Romeus and Juliet*)』이다. 브룩의 작품은 1567년과 1587년에 다

시 인쇄될 정도로 인기가 많았다. 셰익스피어는 이 브룩의 작품을 자유롭게 참조하여 차용했으니 결과적으로『로미오와 줄리엣』은 유럽의 여러 선배 작가들에게 두루 빚을 진 셈이다.

이렇게 겹겹의 출전에 기대고 있는 셰익스피어의『로미오와 줄리엣』은 언제 집필되었는지 정확하게 그 연도를 추정하기 어렵다. 1막 3장에서 유모가 언급한 "지진이 있은 뒤 이제 11년"의 기간을 토대로 1580년 4월 런던에서 실제로 있었던 지진과 관련지어 이 극의 집필 연도를 1591년으로 주장하는 학자도 있다. 하지만 비슷한 시기에 영국에서 여러 차례 지진이 있었다고 하고, 마찬가지로 이탈리아 베로나에서도 지진이 있었던 만큼 극 중 유모의 대사를 근거로 집필 연도를 추정하는 것은 아무래도 무리가 있다. 또한 동시대 다른 작품들의 출판본에서 간혹 셰익스피어의 작품으로 짐작될 만한 단서가 언급되는 점을 근거로 집필 연도를 추정하기도 하는데 이 역시 확실성이 매우 떨어진다.

따라서 문체상의 특징이나 표현의 흔적, 주제적인 측면에서의 연관성을 들어 소위 '서정적 정서'를 공유하는 일군의 셰익스피어 희곡들, 즉『사랑의 헛수고(Love's Labour's Lost)』,『한여름 밤의 꿈(A Midsummer Night's Dream)』,『리처드 2세(Richard II)』와 비슷한 시기에『로미오와 줄리엣』이 집필되었을 가능성을 주장하는 학자들이 대다수다. 그리하여『로미오와 줄리엣』의 집필 연도는 1595년 혹은 그 전후인 1594~1596년으로 추정하는 것이 일반적이다. 특히『한여름 밤의 꿈』과『로미오와 줄리엣』은 둘 중 어느 극이 먼저 쓰였느냐에 대해서는 학자들 간의 의견이 분분하지만 두 극의 상호 연관성이 특별히 두드러지기 때문에 서로 매우 가까운 시기에 집필되었을 것이라는 주장이 설득력 있게 제기되고 있다.

3.『로미오와 줄리엣』의 텍스트

셰익스피어 시대의 극작가들은 무대에서의 상연을 위해 희곡을 썼지 출판하려고 쓴 게 아니었다. 극작가가 쓴 작품이 일단 극단에 넘어가면 그 작품의 소유권은 극단에 귀속되는 게 관례였으므로, 작품을 출판하고 안 하고는 작가의 권리가 아니었고 또한 인쇄 출판된 작품의 경우에도 그 질에 관해서는 작가의 책임이 없었다. 벤 존슨(Ben Jonson)처럼 자신이 쓴 작품이 출판되는 과정을 꼼꼼하게 챙기고 직접 편집해서 전집을 출판한 경우는 매우 예외적인 것이었으며, 대다수 작가들은 자기 작품의 출판에 별 관심이 없었다. 그리고 극작품의 출판 여부를 결정하는 소유주인 극단, 곧 극단 소속 배우들은 자신들의 공연에 미칠 영향을 고려하여 극작품의 출판에 소극적이었다는 게 정설이다. 출판에 관한 배우들의 이러한 태도는 결과적으로 불법적인 해적 출판을 유발하게 되었고, 출처가 의심스러운 저질의 원고가 출판되는 경우도 종종 생겼다고 한다.

셰익스피어는 친필 원고를 남기지 않았고, 살아 있는 동안 직접 출판에 관여한 바도 없다. 따라서 엄밀히 말하면 우리가 읽는 셰익스피어의 작품 그 어느 것도 정확하게 셰익스피어가 쓴 그대로의 것이라고 자신 있게 말할 수 없다. 그럼에도 불구하고 권위 있는 셰익스피어 텍스트로 인정받고 셰익스피어 정전(canon)의 근간을 이루는 가장 중요한 텍스트는 최초의 셰익스피어 전집인 제1이절판(First Folio, 이하 F_1)[1]이다. 잘 알려져 있다시피 F_1은 셰익스피어 본인이 아니라 셰익스피어 사후인 1623년에 셰익스피어와 같은 극단 소속의 동료 배우이자 막역한 친구였던 존 헤밍스(John Heminges)와 헨리 콘델(Henry Condell)이 주선하여 출판한 전집이다. 이 두 사람은 자신들의 이절판만이 유일하게 권위 있는 '진본'임을 주장했다. 이 F_1 전집에 수록된[나중에 정전에 속하는 작품으로 인정된 『페리클레스(*Pericles*)』를 제외한] 36개의 극작품 가운데 18편은 F_1에 수록되기 이전 1594년에서 1622년 사이에 이미 사절판(Quarto)으로 출판된 바 있다. 이 사절판들 중에는 질이 매우 떨어지는 '악사절판(Bad Quartos)'도 있고 상대적으로 질이 좋은 '양사절판(Good Quartos)'도 있다. F_1에 처음 수록된 18편의 극은 F_1이 유일한 권위를 갖지만 이미 이런저런 사절판이 출판된 작품들의 경우에는 F_1과 사절판들을 면밀히 대조하여 후세의 학자들이 편집본을 만들어 내고, 이 편집본이 현재 우리가 읽는 (조금씩 서로 다른) 셰익스피어 텍스트가 되는 셈이다.

『로미오와 줄리엣』의 경우, F_1 이전에 이미 두 개의 사절판이 존재했는데, 이는 『로미오와 줄리엣』이 당대에 매우 인기 있는 극이

---

1 이절판과 사절판은 종이 전지(全紙)를 접는 모양에 따라 구분된다. 전지를 한 번 접어 두 장(4쪽)이 되게 엮은 책이 이절판이고, 전지를 두 번 접어 네 장(8쪽)이 되게 엮은 책이 사절판이다.

었음을 방증한다고 볼 수 있다. 제1사절판(First Quarto, 이하 Q$_1$)은 표제지 연도가 1597년인 반면, 제2사절판(Second Quarto, 이하 Q$_2$)은 표제지 연도가 1599년이면서 "새롭게 수정되고, 분량이 늘어났으며, 질이 개선된" 것이라는 표현이 명시되어 있다. 극단의 누군가에 의해 부정확하게 암기된 내용이 해적 출판된 악사절판의 하나로 오랫동안 여겨졌던 Q$_1$에 비해 실제로 Q$_2$는 8백 행 정도(Q$_1$ 전체의 20퍼센트 이상에 해당함)의 분량이 더 많을 뿐 아니라 상대적으로 질이 좋아 셰익스피어 본인이 직접 쓴 원고의 출판본일 것으로 추정되었다. 게다가 F$_1$에 실린 텍스트도 프롤로그가 빠진 점을 제외하면 거의 Q$_2$와 같기 때문에 기본적으로 『로미오와 줄리엣』의 가장 중요한 출판본은 Q$_2$가 된다. 현재의 독자들에게 친숙한 편집본들은 Q$_2$가 절대적인 근간을 이루되 Q$_1$을 일부 참조하는 경우가 일반적이어서 각각의 편집본들 사이에 내용의 차이가 거의 없는 편이다.

그런데 한 가지 짚고 넘어가야 할 점이 있다. 유일무이한 최종 형태의 정본(定本) 텍스트가 있다는 믿음에 회의적인 일군의 본문 비평 학자들이 Q$_1$과 Q$_2$의 관계에 대해 최근 새로운 주장을 내놓고 있기 때문이다. 이들은 Q$_1$이 저질의 악사절판에 그치는 게 아니라 Q$_2$에 비해 종종 더 상세한 무대 지문이라든지 더 뛰어난 대사 처리를 보여 준다는 점 등을 근거로 셰익스피어가 쓴 대본의 (셰익스피어가 승인한) 공연용 축약본일 것이라고 본다. 그럴 경우 Q$_1$은 악사절판의 오명에서 벗어나 공연 대본으로서의 권위를 인정받게 되는 것이고, 셰익스피어의 텍스트도 반드시 하나가 아니라 복수일 수 있다는 것을 인정하는 셈이다. 우리가 자주 잊어버리는 사실은, 무대 공연을 전제로 쓰이는 연극 대본은 실상 무대와 배우, 극장과 관객 등을 포괄하는 구체적인 공연 상황에 그때그때 영향을 받을 수밖에 없는, 심히 유동적이고 가변적인 텍스트라는 점이다. 최근의 본문 비평 연구 성과를 과감하게 반영한 옥스퍼드 대학교 출판본 『로미오와 줄리엣』(2000)은 Q_2를 기반으로 편집한 텍스트와 함께 Q_1 텍스트 전문을 별도로 실어 비교 대조가 가능하도록 함으로써 독자들에게 셰익스피어 텍스트의 특수한 면모를 상기시키고 있다.

4. 낭만적 사랑의 신화

서양 문학에 등장하는 숱한 남녀 간의 사랑 가운데 독자들의 마음을 사로잡는 불멸의 사랑을 꼽는다면 아마 셰익스피어가 그려 낸 로미오와 줄리엣의 낭만적 사랑이 될 것이다. '불운한 별자리 얽힌' 이 유명한 한 쌍의 연인은 '죽음으로 예정된 사랑'을 하지만 그 비극적 결말에도 불구하고 그들 사랑의 온전함이 훼손되지 않음으로써 오히려 '죽음을 넘어서는 사랑'을 이룬 연인으로 찬미되고 '문학적 신화'로 살아남는다. 로미오와 줄리엣의 사랑은 왜, 어떤 점에서 그리도 특별한가?

우선 셰익스피어가 기대고 있는 출전에서 로미오와 줄리엣의 사랑을 어떻게 그리고 있는지, 셰익스피어가 그리는 이들의 사랑은 또 어떻게 다른지 살펴보자. 『로미오와 줄리엣』의 가장 직접적인 출전으로 꼽히는 장시를 쓴 브룩은 독자에게 작품을 쓴 도덕적 의도를 첫머리에서 이렇게 밝힌다. 불운한 한 쌍의 연인이 어떻게 불순한 욕망에 이끌려 부모의 권위와 친구의 충고를 무시하고 대신 미신을 믿는 신부의 말에 따라 자신들이 바라던 욕정을 채우기 위해 위험한 모험을 감행했는지를, 그리고 그들이 합법적 결혼의 명예로운 이름을 더럽혔으며, 부정직한 삶의 모든 수단을 동원하여 몰래 훔친 결혼 계약의 수치를 덮으려 했고, 결국 불행한 죽음으로 서둘러 달려갔음을 보여 주려 한다는 것이다. 물론 이러한 의도가 실제 작품에서 그대로 관철되고 있는가는 별개의 문제이겠지만 로미오와 줄리엣의 사랑에 대한 브룩의 평가가 매우 부정적인 것만은 분명하다. 기본적으로 이들의 사랑을 불순한 욕망에 지나지 않는다고 여기니 아름다운 사랑과는 한참 거리가 멀다.

반면 코러스의 서사에 드러나듯 셰익스피어는 브룩과 달리 로미오와 줄리엣의 사랑에 대해 도덕적 판단을 앞세우지 않는다. 다만 두 가문의 오랜 불화와 이 가문에서 태어난 불운한 두 연인, 그리고 죽음으로 예정된 비극적 결말을 언급할 따름이다. 두 연인은 불순한 욕망 때문에 비극적인 죽음을 맞는 것이 아니라 '불운한 별자리 얽힌' 운명 때문에 희생되는 것이다. 두 가문의 불화는 두 연인이 자초한 것이 아니라 이들에게 주어진 조건이므로, 이 불화가 곧 운명이라는 식으로 해석될 소지는 많다. 흔히 셰익스피어의 작품 활동 시기로 따져서 초기작인 『로미오와 줄리엣』이 원숙기의 4대 비극에 비해 비극성이 떨어지는 작품으로 평가받는 주된 이유도 비극의 주인공들이 자신의 운명을 능동적으로 만들어 가는 '행위자'가 아니라 운명의 '희생자'로 그려지는 만큼 소위 '성격이 운명이다'라는 성격 비극의 공식에 못 미친다는 점 때문이었다. 단순히 운명의 희생자로 그려진 운명 비극의 주인공들은 연민을 불러일으킬 수는 있지만 비극적 주인공으로서의 격은 사뭇 떨어진다는 것이다. 실제로 『로미오와 줄리엣』에는 '불운한 별자리' 외에도 우연적 사건들이 플롯상 중요하게 작용하고, 비극적 결말에 대한 예감이나 전조들이 자주 등장하여 소위 운명 비극으로 간주될 만한 특징들이 강조되고 있는 것은 틀림없다. 그렇다고 해서 로미오와 줄리엣이 단순히 운명의 희생자들인가? 그리고 두 가문의 불화는 절대적인 운명인가?

극 중에서 '해묵은 싸움'으로 불리면서 연원도 이유도 없이 지속되는 두 가문의 불화의 양상을 찬찬히 들여다보면, 이 불화는 추상적인 악이나 어떤 초역사적·절대적 상황으로 그려진 게 아니다. 대신 셰익스피어는 출전에 나오는 이미 알려진 전설을 빌려다 당대 삶의 숨결을 불어넣고 두 연인이 몸담고 있는 세계의 사회적 맥락을 설득력 있게 펼쳐 보인다. 즉 베로나의 젊은이들은 봉건적 가부장제가 규정한 성 역할로 사회화되는 과정을 거치는데, 두 가문의 불화는 이런 사회화 과정을 극단적인 방식으로 강제한다는 점을 부각시킨다. 달리 표현하면, 자신의 정체성을 자기 가문에 대한 충성과 원수 가문에 대한 증오로써 확립해야 하는 임무를 부여하는 것이다. 따라서 불화로 표출되는 가부장제적 질서는 청년들에게 불화에 가담하고 폭력을 행사함으로써 남성적 미덕인 용맹과 생식력이 발휘된다고 믿게 만든다. 이런 상황에서는 로미오와 줄리엣의 낭만적 사랑이 차지할 자리가 온전히 있을 리 없다. 한편 여성의 경우, 봉건적 가부장제에 순응하는 길은 곧 가부장이 정해 주는 배우자와 결혼하여 상속자를 낳는 일이다. 그렇기 때문에 캐풀렛의 가부장적 권위가 가장 폭력적으로 드러나는 순간은 곧 줄리엣이 패리스 백작과의 강제 결혼을 받아들이려 하지 않을 때가 된다. 따라서 로미오와 줄리엣의 사랑과 결혼은 단지 두 가문의 불화 때문에 실현되기 힘든 일이 아니라 봉건적 가부장제 질서 자체를 위반하기 때문에 더더욱 이루어지기 힘든 것일 수밖에 없다. 하지만 두 연인이 기어이 비밀 결혼식을 올리고 죽음을 불사하면서까지 그 결혼을 지키려 했던 모습을 보면 두 연인을 단순히 운명의 희생자라고 말할 수는 없으리라.

결국 핵심은 봉건적 가부장제를 거스르면서 성취한 로미오와 줄리엣의 사랑이 어떤 면에서 특별한 사랑이냐 하는 것이다. 두 연인의 사랑의 특징 가운데 첫째는 이들의 사랑이 나이 어린 연인들의 사랑이라는 점일 것이다. 줄리엣은 처음 등장할 때부터 열네 살이 채 안 된 나이라는 점이 강조된다(로미오의 나이는 극 중에 언급되지 않지만 출전으로 미루어 볼 때 줄리엣보다 두세 살 위일 것으로 추측되는데, 설령 그보다 더 위라 할지라도 어린 청년으로 보아도 무방할 듯하다). 줄리엣의 나이는 다른 출전에서 줄리엣에 해당하는 여성 인물의 나이가 열여섯 혹은 열여덟 살인 데 비해서도 어리고, 당시 영국을 비롯한 유럽 여러 나라의 일반적인 여성의 결혼 연령에 비해서도 상당히 어리다. 물론 줄리엣의 나이가 어리기 때문에 자동적으로 그녀의 사랑과 결혼도 문제가 많다는 식의 단순 논리는 성립하기 힘들다. 극이 진행되면서 오히려 줄리엣은 어린 소녀라고는 믿어지지 않을 정도로 열정적인 사랑을 통해 성숙해지며, 자신의 사랑을 지키는 일에 관한 한 누구보다도 단호한 의지와 위엄마저 보여 주기 때문이다. 줄리엣의 어린 나이는 두 연인의 사랑을 평가하는 데 부정적으로만 작용하는 요소는 아니겠지만 어쨌든 두 연인의 나이가 어린 만큼 이들의 사랑도 그에 걸맞게 어리고 순수하고 미성숙한 면이 있는 사랑일 것이라는 점은 놓치지 말아야 한다.

게다가 이 어린 연인들의 사랑은 그 시작에서부터 비극적 최후에 이르기까지의 기간이, 젊은 피를 한층 더 끓어오르게 하는 더운 7월 중순의 단 4~5일(일요일 아침에서 목요일 아침까지)에 지나지 않는다. 브룩의 작품에서 두 연인이 은밀하게 관계 맺는 기간이 크리스마스 축제에서 시작하여 8~9개월 지속되는 데 비하면 4~5일은 그야말로 여름날의 번개처럼 찰나에 그친다. 줄리엣의 표현을 그대로 인용하자면, "'번개가 치네!'라고 말할 새도 없이 사라지는 번개 같"다. 게다가 두 연인이 극 중에 함께 등장하는 장면은 단 다섯 번에 그치고, 그것도 대개 목숨이 위태롭거나 급박한 상황에서 만나는데, 그나마 마지막 묘지 장면에서는 서로 대화도 나눠 보지 못한 채 각자 죽음을 맞는다. 따라서 공적으로 인정받지 못한 두 연인의 비밀스러운 사랑은 타오르는 불꽃처럼 강렬하지만 위협적인 현실 속에서 결국 번개처럼 찰나에 사라질 수밖에 없는 단명한 것임이 극단적으로 강조되고 있다. 그런데 이처럼

4~5일로 압축된 시간 안에 벌어지는 갈등과 격정의 소용돌이 속에 두 연인의 사랑이 놓이게 되면, 다른 출전에서 보듯 이들이 비밀 결혼 상태에서 부모 몰래 장기간 육체적 관계를 유지했을 때 나타날 수 있는 부정적인 해석의 가능성이 축소될 수 있을 것이고, 비밀 결혼을 강행한 두 연인에게 어떤 식으로든 쏟아질 수밖에 없는 도덕적 비난을 완화시켜 주는 효과도 생길 듯하다.

나이 어린 연인들의 번개처럼 짧은 사랑만으로 로미오와 줄리엣의 사랑이 다 표현되지는 않는다. 무엇보다도 이들의 사랑을 특징짓는 것은 상호적인 사랑이라는 점이다. 로미오가 줄리엣을 만나기 전에 일방적으로 연모하며 사랑의 열병을 앓았던 로절라인과는 대조적으로, 로미오는 줄리엣과 사랑에 빠진 이후부터 줄리엣과 함께 사랑을 나누고 사랑의 기쁨도 함께 누린다. 서로 첫눈에 반한 이 두 연인의 사랑이 상호적이라는 특징을 지닌다는 사실은 첫 만남에서부터 매우 중요하게 강조되는 바다. 캐풀렛가(家)의 연회에서 처음 만난 두 사람이 주고받는 대화는 흥미롭게도 한 편의 소네트로 완성되는데, 즉 두 사람은 사랑의 이중창을 함께 화답하여 부르듯 대화를 주고받으면서 구애를 시작하고 그 구애의 끝은 두 사람이 나누는 키스로 마무리된다. 또 저 유명한 2막 2장의 발코니 장면이야말로 두 연인의 상호적인 사랑의 환희를 각인시키는 대목일 것이며, 2막 4장에서 줄리엣과 결혼식을 올리기 위해 로런스 신부를 찾아간 로미오가 로절라인과 줄리엣의 차이를 설명하는 대사를 보아도 상호적인 사랑이 두 연인에게 결정적으로 중요함을 알 수 있다.

그런데 이 상호적인 사랑을 상투적이고 인습적인 연애와는 다른 방식으로 이뤄 가는 주인공이 줄리엣이라는 점은 특별히 주목할 일이다. 두 연인 중 더 적극적으로 관계를 진전시켜 가는 쪽이 줄리엣이고, 사랑과 결혼을 성취해 가는 과정에서 더 성숙한 모습을 보이는 쪽도 줄리엣이라는 것을 작품을 세심하게 읽은 독자라면 누구나 느낄 것이다. 줄리엣은 셰익스피어가 자신의 희극과 로맨스에서 남성 인물을 능가하는 지혜와 용기, 따뜻한 인간애를 통해 희극적 결말을 이끌어 내는 데 주도적인 역할을 하도록 그려 낸, 아름답고 활기차고 재치 넘치는 여성 인물들과 많이 닮아 있다. 발코니 장면에서의 그녀의 진면모를 보라. 그녀는 혼잣말로 로미오에게 자기 이름을 부정하라고 주문하는가 하면, 이런저런 인습적인 말과 행동 규범을 거부하고 자신의 마음속 진실을 솔직하게 고백한다. 이 대목에서 줄리엣이 쏟아 내는 시적인 대사들은 사랑의 아름다운 열정과 건강한 솔직함, 기쁨과 활기로 가득해서 흔히 사랑을 노래하는 장식적인 시와는 구별된다. 로미오가 로절라인으로부터 보답을 받지 못하는 사랑에 끊임없이 탄식하면서 페트라르카의 궁정 연애시풍으로 자기 탐닉적인 감정의 과잉을 보일 때 읊던 시와도 완전히 다르다. 오랫동안 인구에 회자되는 대사들, 가령 "이름에 뭐가 들어 있단 거죠? 우리가 장미라고 부르는 그 꽃은 다른 어떤 이름으로 불러도 똑같이 향기로울 거예요" 같은 대사가 줄리엣의 입에서 나온다는 사실은 그래서 너무도 당연한 것인지 모른다. 게다가 줄리엣은 로미오와 사랑의 맹세를 주고받으면서도 이 모든 일이 "너무 성급하고, 너무 무모하고, 너무 갑작스러워서" 불안해하는 모습을 보여 주는데, 사랑의 언약 끝에 결혼에 대해 먼저 운을 떼는 사람도 줄리엣이다. 다시 강조하지만, 로미오와 줄리엣의 사랑을 진부하지 않은 독특한 것으로 만드는 주인공은 줄리엣이다.

실상 로미오와 줄리엣이 상호적인 사랑으로서의 낭만적 사랑과 결혼을 꿈꾸고 실현할 수 있었던 것은 영국 르네상스 시대에 새롭게 변화한 사랑과 결혼에 관한 관념들, 그리고 그런 변화된 관념들을 가능하게 만든 정치적·사회적·경제적 변화라는 여러 겹의 복합적인 맥락이 존재했기 때문이다. 잘 알려져 있다시피, 르네상스 시대는 단지 자식을 생산하고 간음을 방지하는 일종의 필요악으로 간주되었던 중세적 결혼관에서 벗어나 사회의 정신적 토대이자 개인의 행복의 보고로서 결혼을 인식하고 결혼한 부부간의 동반자적인 유대와 사랑을 강조하는 새로운 감수성이 생겨나던 시기였다. 그래서 남녀 간의 성적인 사랑을 긍정적으로 수용하고, 그 사랑의 완성으로서의 결혼을 찬미하는 낭만적 희극과 같은 장르가 발전할 수 있었던 시기이기도 했다. 로미오와 줄리엣의 낭만적 사랑이 역사와 무관한 진공 속에서 탄생한 것이 아니라는 사실은 다시금 곱씹을 필요가 있다.

로미오와 줄리엣의 사랑을 특징짓는 또 다른 중요한 요소는 '죽음으로 예정된 사랑'이다. "두 연인이 서로 사랑하는 데보다 죽을 준비를 하는 데 더 시간을 쓴다"라고 말한 비평가가 있을 정도로 로미오와 줄리엣의 사랑은 처음부터 내내 죽음의 이미지와 공존한다. 사랑과 죽음이 연결되는 장면은 극 중에 수없이 나오지만,

대표적인 예로 줄리엣이 신혼 첫날밤을 고대하는 장면의 독백을 들 수 있다. 줄리엣은 자신의 죽음과 성적 극치감을 동시에 상상하며(셰익스피어 시대에 'die'는 이렇게 이중의 뜻을 갖는다), 사랑하는 로미오가 밤하늘을 수놓는 아름다운 별들과 같이 불멸의 존재가 되기를 소원한다. 두 연인의 낭만적 사랑이 절대적인 것이 되기 위해서는 죽음이 필수 조건으로 보일 정도다. 그런데 이들의 사랑이 '죽음으로 예정된' 것이라고 해도 죽음으로 끝나는 것 자체가 특별한 것은 아니다. 로미오와 줄리엣은 사랑을 위해 기꺼이 죽음을 선택함으로써 자신들의 사랑에 철저히 헌신하며, 바로 그 점에서 이들의 죽음은 특별한 성취로 자리 잡는다. 특히 줄리엣은 로미오에 대한 사랑에 헌신하기 위해 한 번도 아니고 두 번씩이나 결연히 죽음을 선택한다. 두 연인에게 죽음은 사랑의 끝이 아니라 사랑의 승리라는 듯. 그리고 이들의 죽음은 이들의 죄에 대한 응분의 벌로 받아들여지는 게 아니라는 점은 결말에서도 분명하게 드러난다. 법과 질서의 권위를 상징하는 베로나의 영주가 두 가문의 증오심에 내린 천벌로 두 연인의 죽음을 해석하고 이들의 사랑을 승인하기 때문이다. 두 연인의 사랑과 죽음은 두 집안의 화해를 낳고 베로나의 질서를 회복시키며 마침내 순금의 조각상으로 세워짐으로써 죽음을 넘어서는 불멸성을 얻는다. 두 연인이 기념비적 존재가 되고 이들의 사랑 이야기가 세상에서 가장 슬픈 이야기로 사람들의 입에서 입으로 계속 전해지는 순간, 이들의 사랑은 시간을 넘어서는 낭만적 사랑의 신화로서의 생명을 시작할 수 있게 된다.

마지막으로 덧붙일 말이 있다. 『로미오와 줄리엣』에는 물론 무엇보다 로미오와 줄리엣의 사랑이 가장 중요하게, 또 아름다운 성취로 형상화되지만, 단순히 이 두 연인의 사랑이 유일하고도 절대적으로 그려지는 것은 아니다. 오히려 남녀 간의 사랑에 관한 다양하고 때로 상충하는 시각들이 어우러져 이른바 '다성적(多聲的)' 구조를 이루고 있다고 보는 편이 옳다. 로절라인에 대한 로미오의 일방적인 짝사랑이 있는가 하면, 그와 대비되는 줄리엣과 로미오의 상호적인 사랑이 있고, 또 무차별적으로 그 둘을 풍자하여 사랑을 육욕으로 등치시키는 머큐쇼의 시각이 있는가 하면, 구애 관습을 그대로 따르는 패리스 백작의 줄리엣에 대한 사랑이 있고, 로미오의 첫눈에 반하는 사랑과 격렬하게 불타는 사랑을 꾸짖으며 사랑은 적당하게 천천히 해야 한다고 조언하는 로런스 신부의 시각이 있으며, 또 아주 희극적으로 형상화된 유모의 지극히 세속적이고 현실적인 시각 등이 겹쳐 있으면서 또 서로가 서로를 비춘다. 조지 엘리엇(George Eliot)이 주장한 것처럼 셰익스피어의 창조성은 "복잡하게 뒤얽혀 있는 인간성의 복합성을 단순화시키지 않고, 있는 그대로 여실하게 제시"하면서 인간 자신만큼이나 유동적이고 모순적인 다양한 사랑을 그려 내는 데 있을 터이다.

5. 『로미오와 줄리엣』 공연

『로미오와 줄리엣』은 당대는 물론이고 지속적으로 인기가 있는 극작품이었다. 18세기 후반에는 『로미오와 줄리엣』이 『햄릿』보다 더 많이 무대에 올랐고, 20세기에는 『햄릿』을 제외하면 『로미오와 줄리엣』이 가장 많이 공연된 작품이었다. 4백 년이 넘는 『로미오와 줄리엣』의 공연 역사는 물론 간단히 요약될 수 없을 정도로 방대하지만, 여기서는 독자들이 잘 알지 못하는 흥미로운 사실 두 가지만 언급하려고 한다.

첫째, 셰익스피어의 『로미오와 줄리엣』은 지속적으로 인기를 끌었음에도 불구하고 원작(엄밀한 의미의 원작은 없었다 하더라도)의 형태가 아니라 상당한 편집과 각색을 거친 형태로 아주 오랫동안 공연되었다는 사실이다. 『로미오와 줄리엣』 공연의 역사를 조금만 들여다보더라도 이는 쉽게 확인할 수 있다. 17세기 영국에서 극장이 폐쇄되었다가 1660년 왕정복고 이후 다시 개장한 직후부터 셰익스피어의 『로미오와 줄리엣』 텍스트는 무대에서 사라진다. 1662년 새뮤얼 피프스(Samuel Pepys)가 자신의 일기에 "최악의 극이자 최악의 연기를 보여 준 작품"으로 기록을 남긴 『로미오와 줄리엣』은 윌리엄 대버넌트(William Davenant)의 각색을 바탕으로 만들어진 공연일 것으로 추정된다. 이후 로미오와 줄리엣이 죽지 않고 살아남는 희비극 형태의 제임스 하워드(James Howard)의 각색도 등장했다. 『로미오와 줄리엣』의 본격적인 각색은 토머스 오트웨이(Thomas Otway)의 1679년 작 『카이우스 마리우스의 생애와 몰락(The History and Fall of Caius Marius)』이다. 이 작품은 『로미오와 줄리엣』의 이야기에 플루타르코스(Ploutarchos)의 『영웅전』에서 따온 플롯을 뒤섞은 일종의 신고전주의적 정치극이다. 로미오에 해당하는 인물 마리우스 2세와 줄리엣에 해당하는 인물 라비니아(Lavinia)의 사랑 이야기는 그래서 마리우스 1세(몬터규에 해당하는 인물)와 메텔루스(캐플렛에 해당하는 인물) 사이의 갈등보다 중요하지 않다. 1730년대까지 인기리에 공연되던 오트웨이의 각색에 이어 1744년 테오필러스 시버(Theophilus Cibber)가 새로운 각색을 선보였다. 시버는 오트웨이의 각색에서 자유롭게 대사를 얻어다 쓰는 한편 『베로나의 두 신사(*The Two Gentlemen of Verona*)』의 일부 내용과 자신의 개작 대사를 끼워 넣어 다시 두 가문의 갈등과 두 연인의 사랑 이야기로 극의 초점을 옮겨 놓았다. 게다가 시버는 자신이 로미오 역을 맡고 열네 살 딸 제니(Jennie)에게 줄리엣 역을 맡겨 10회 공연을 성공적으로 마쳤다고 한다. 시버의 공연에 불만이 아주 많았던 데이비드 개릭(David Garrick)은 자신이 직접 각색한 대본으로 자신이 책임을 맡게 된 드루어리 레인(Drury Lane) 극장에서 로미오 역을 맡아 『로미오와 줄리엣』을 무대에 올리고 큰 성공을 거두었다. 당시 경쟁 극장이던 코번트 가든(Covent Garden)에서도 개릭의 각색 대본으로 다른 배우를 기용하여 만든 『로미오와 줄리엣』을 선보이며 서로 치열한 경쟁을 벌였다고 한다.

각색자이자 배우이며 극단 운영자를 겸한 개릭은 소위 '개릭의 시대'에 셰익스피어의 명성을 확립하는 데 지대한 공헌을 하면서도 동시에 원작의 '훼손'으로 비판받을 수 있는 각색 활동을 멈추지 않았다. 개릭의 시대에 그가 관여했던 드루어리 레인 극장의 공연 중 셰익스피어 각색 작품이 약 20퍼센트에 이를 정도로 상당한 비중을 차지했다고 한다. 개릭이 각색한 『로미오와 줄리엣』의 경우, 시버의 각색에 비해 극의 범위를 더 좁혀서 정치적·사회적 영역을 축소하고 두 연인의 관계에만 집중하게 만드는 한편, 당대의 예절 관습을 의식해 성적 함의를 갖는 대사들을 삭제하거나 순화하고 18세기 관객들의 취향에 맞춰 화려한 볼거리에 해당하는 캐풀렛 가문의 가장무도회 장면, 가사 상태에 빠진 줄리엣을 가족 묘지로 옮기는 행렬 장면을 추가했다. 무엇보다도 개릭의 각색은 셰익스피어 원작에 비해 희생자로서의 두 연인의 면모를 강하게 내세우고 불쌍한 두 연인의 엇갈린 운명의 비통함을 강조하는 감상주의적 특징을 보인다. 특히 이런 감상주의가 두드러지는 대목이 바로 무덤 장면이다. 개릭은 원작에 없는 75행의 대사를 새로 써서 삽입한다. 줄리엣이 죽은 줄 알고 로미오가 독약을 마신 직후 줄리엣이 깨어나고 두 사람이 기뻐하며 함께 얘기를 나누다 결국 독약 기운이 몸에 퍼져 로미오가 죽는 부분이 그것이다. 로미오가 죽기 전에 줄리엣이 깨어나는 설정은 이미 오트웨이와 시버의 각색에서도 나타났지만 개릭의 각색은 훨씬 더 두 연인의 애통함을 강조하는 효과를 노렸다. 극단적인 감정의 과잉과 과장으로 충만한 개릭의 이런 대사들이 18세기 감상주의적인 취향의 관객들에게 통했다는 점은 개릭의 각색 공연이 누린 인기로 증명되는 바이다. 이후 개릭의 각색을 바탕으로 한 『로미오와 줄리엣』 공연은 거의 백 년 동안 이런저런 형태로 계속되었고, 셰익스피어의 원작 텍스트를 기반으로 한 공연은 19세기 후반에 가서야 비로소 등장하게 된다.

둘째, 셰익스피어 시대 영국에서는 여배우가 대중 극장의 무대에 오를 수 없었고 여성 역할은 모두 소년 배우들이 맡았으므로, 로미오 역과 줄리엣 역 둘 다 남자 배우 몫이었다. 셰익스피어가 처음 『로미오와 줄리엣』을 쓰기 시작했을 때는 자신의 소속 극단이 될 '의전 장관 극단(Lord Chamberlain's Men)'이 확고하게 정립되기 전이어서 어느 배우가 로미오 역과 줄리엣 역을 맡을지 미리 알지 못한 상태였지만, 로미오 역은 당시 20대 중후반의 리처드 버비지(Richard Burbage)가 맡고 줄리엣 역은 로버트 고프(Robert Gough)라는 소년 배우가 맡았을 것으로 학자들은 추측한다. 설령 학자들의 추측이 어긋나 로미오와 줄리엣 역할을 다른 배우가 맡았다 하더라도, 두 배우가 모두 남자였으리라는 사실만은 변함이 없을 터이다.

줄리엣을 연기하는 소년 배우를 상상하기 어려운 만큼이나 로미오를 연기하는 여배우를 상상하기란 어렵다. 하지만 '여성 로미오(famale Romeo)'가 굉장히 인기를 끌던 때가 있었던 것도 사실이다. 왕정복고 이후 여배우가 처음 영국의 대중 극장 무대에 등장한 이래로 여배우들은 무대 위에서 빈번하게 소위 '남장 역할(breeches roles)'을 맡았다. 당시 무릎 정도 길이에 몸에 붙는 남성용 바지를 'breeches'라고 했으니 그 바지를 입고 여배우가 남자로 등장하는 역할이 남장 역할이다. 1660년에서 1700년까지의 시기에 영국에서 공연된 연극 가운데 거의 4분의 1에 해당하는 연극에서 여배우의 남장 역할이 등장할 정도로 남장 역할은 빈번했고, 또 인기를 끌었다고 한다. 이 '남장 역할'의 역사는 18세기를 거쳐 19세기까지도 계속 이어져서 결국 여러 명의 '여성 로미오'들이 등장하기에 이른다. 그들 가운데 영국과 미국에서 독보적인 인기를 끈 미국 여배우 샬럿 쿠시먼(Charlotte Cushman)이 연기한 로미오가 있다는 사실은 현재의 관객이나 독자들에게 별로 알려지지 않았다. 샬럿은 여동생 수전(Susan Cushman)과 함께 1845~1846년 시즌 영국 헤이마켓(Haymarket) 극장 무대에서 처음으로 로미오와 줄리엣을 각각 연기했는데, 이들 자매의 로미오와 줄리엣 연기는 매우 성공적이었고, 특히 로미오를 '남성적'으로 연기한 샬럿에 대한 관객들의 호의적 반응은 엄청났다고 한다. 지금까지 '남장 역할'의 인기는 대부분 '남장 역할'을 맡은 여배우의 남자답지 않고 여성적인 몸과 동작들, 즉 그들의 남장 뒤에 숨긴 여성으로서의 기원을 노출하는 면면에 기대었다고 해도 과언이 아니다. 샬럿과 동시대의 유명 여배우 엘렌 트리(Ellen Tree)가 '남장 역할'을 맡았을 때도 역시 그녀의 여성성이 칭송의 근거가 되었다. 샬럿 쿠시먼은 달랐다. 샬럿이 연기한 로미오는 억제할 수 없는 강력한 열정의 화신이었고, 큰 키, 각지고 다부진 턱, 평범한 얼굴, 우렁차고 허스키한 목소리 등 자신의 신체적 특징을 십분 활용해 그냥 '여성 로미오'가 아닌 로미오 같은 로미오, '사실적인' 로미오를 보여 주었으며, 다른 성숙한 남자 배우에 비해서도 그들이 표현할 수 없는 젊음과 민첩성을 띤 사랑스러운 로미오를 그려 냈다. 이 로미오 역할로 샬럿은 일약 스타로 발돋움했으며, 1860년까지 로미오 역을 계속 맡아 연기함으로써 큰 인기를 누렸다. 물론 샬럿이 연기한 로미오의 인기는 성 정체성이나 성 역할에 대한 여러 가지 논란을 야기할 수밖에 없었을 것이다. 샬럿과 같은 '남장 역할' 여배우의 존재는 무대 위에서 남장 혹은 여장 같은 '이성으로 옷 바꿔 입기(cross-dressing)'라는 연극적 관습을 활용해 고정된 성 역할을 넘나들던 실제 셰익스피어 연극 공연의 오랜 역사적 맥락에 특별한 관심을 두어야 할 필요가 있다는 점을 상기시킨다.

6. 『로미오와 줄리엣』 영화

요즘은 연극보다 영화를 감상하는 관객이 압도적으로 많다. 따라서 셰익스피어 작품도 연극보다는 영화로 접하는 관객이 더 많을 것이고, 영화에서 알게 된 작품을 나중에 책으로 만나는 독자도 적지 않을 듯싶다. 물론 셰익스피어 작품은 원래 연극 공연을 위한 대본으로 만들어진 것이지만 그의 작품은 처음 영화가 세상에 선보이던 때부터 시작해 지금까지 계속 영화로 각색되었고, 아마 앞으로도 그럴 것이다. 그런데 연극과는 다른 영화라는 매체를 활용하여 각색된 셰익스피어 작품을 논할 때 흔히 영화가 원작을 얼마나 충실히 재현했는가, 혹은 원작의 주제와 얼마나 밀접한 관계를 유지하고 있는가라는 기준을 기계적으로 적용할 위험이 있다. 영화 각색에 대한 논의는 어디까지나 영화라는 매체의 특수성을 섬세하게 고려해야 하며, 원작에 대해 영화 각색이 새롭게 조명해 줄 수 있는 가능성에 대해서도 열린 태도를 갖는 편이 좋을 것이다.

영화감독 역시 연극 연출자와 마찬가지로 영국 르네상스 시대의 극본을 새로운 매체로 재해석하여 당대의 관객들에게 호소력을 갖게끔 전달하는 과제를 안고 있다면, 이 과제를 지금까지 가장 성공적으로 풀어낸 감독으로 이탈리아의 프랑코 제피렐리(Franco Zeffirelli), 오스트레일리아 출신의 바즈 루어만(Baz Luhrmann)을 꼽을 수 있다. 두 감독의 영화는 둘 다 전 세계적으로 선풍적인 인기를 구가하고 엄청난 흥행 수익을 거두었으며, 셰익스피어와 『로미오와 줄리엣』이란 작품의 대중적 영향력 확대에 크나큰 공헌을 했다. 두 영화와 함께 전 세계의 수많은 젊은이들이 로미오와 줄리엣이 겪은 낭만적 사랑의 열병을 함께 앓았다고 말해도 과장이 아닐 듯하다.

물론 제피렐리의 영화 「로미오와 줄리엣」이 탄생하기 전에 『로미오와 줄리엣』을 원작으로 하는 본격 영화가 없었던 것은 아니다. 20세기 초의 무성 영화 시대에서부터 시작된 이런저런 영화적 시도의 단계를 지나, 1936년에 조지 큐커(George Cukor)가 감독하고 어빙 탈버그(Irving Thalberg)가 제작한 미국 MGM사의 흑백 영화 「로미오와 줄리엣」이 있었다. 큐커 감독의 야심작이었던 이 영화는 정교한 촬영 세트와 의상 준비에 막대한 예산을 쓰는 등 엄청난 투자를 아끼지 않았지만 흥행에는 실패했다. 큐커의 「로미오와 줄리엣」이 실패로 끝난 이유에 대해 많은 사람들이 공통적으로 지적하는 바는 무엇보다도 주요 배역을 맡은 배우들의 나이가 너무 많았다는 점이다. 당시 로미오 역을 맡은 레

슬리 하워드(Leslie Howard)는 43세, 줄리엣 역을 맡은 노마 시어러(Norma Shearer)는 34세, 머큐쇼 역을 맡은 배우 존 배리모어(John Barrymore)는 무려 54세였다. 감독 자신도 이 영화가 "너무 장엄하고", "너무 답답하게" 보였던 것 같다는 회고를 남겼다. 큐커 감독의 영화 다음으로는 로버트 와이즈(Robert Wise)와 제롬 로빈스(Jerome Robbins)가 공동 감독하여 동명의 미국 브로드웨이 뮤지컬을 영화로 만든 1961년 작 「웨스트 사이드 스토리(West Side Story)」를 제외하면 특출한 영화가 제작되지 못하다가 드디어 1968년 제피렐리의 영화가 등장하여 전 세계의 주목을 끈 것이다.

제피렐리 감독의 영화는 큐커 감독이 실패한 바로 그 지점에서 대조를 보인다. 제피렐리의 영화가 관객들에게 큰 호소력을 가질 수 있었던 것은 무엇보다도 셰익스피어 원작에 나오는 두 연인의 나이에 근접하는 무명의 10대 배우들을 파격적으로 캐스팅한 덕분이었다. 감독이 원한 바대로 로미오 역의 레너드 화이팅(Leonard Whiting)과 줄리엣 역의 올리비아 허시(Olivia Hussey)는 어린 배우들답게 로미오와 줄리엣이라는 어린 연인들의 사랑의 환희와 열정, 절망과 고통을 생동감 있게 표현해 냈다. 이미 셰익스피어의 희극 『말괄량이 길들이기(The Taming of the Shrew)』를 영화로 만들어 1967년에 개봉한 경험이 있던 제피렐리 감독은 이런 파격적 캐스팅에 더해서 그동안 자신이 연극과 오페라에서 갈고닦은 시각적 표현력을 한껏 살리고 아름다운 음악과 의상을 곁들여 영화 매체의 미학을 잘 살린 영화를 만들어 냈다. 영화 속에서 두 연인은 비극적인 죽음을 맞지만, 그들의 죽음은 두 집안의 화해를 이끌어 내고, 청춘의 사랑과 열정이 전하는 생을 긍정하는 활기의 여운은 오래 남는다. 물론 제피렐리 감독은 셰익스피어 원작의 3분의 2에 해당하는 대사를 삭제하고, 인물이나 사건을 생략하기도 하고 이런저런 변형을 가했지만, 셰익스피어의 연극을 영화로 만드는 작업의 정당성을 자기 식으로 입증한 셈이다. 로미오와 줄리엣과 비슷한 나이의 젊은이들을 특별히 겨냥해서 만든 이 영화는 특히 구세대의 문화와 갈등하고 청춘 문화에 열광하는 젊은 세대 관객들에게 신선한 흡입력이 있었다.

제피렐리 감독의 영화가 특히 젊은 관객들에게 매력적인 영화로 통했다면, 거의 한 세대 이후인 1996년에 개봉된 루어만 감독의 「로미오+줄리엣」은 더욱더 젊은이들의 취향을 지향하는 특성을 갖는다. 「로미오+줄리엣」은 소위 반항하는 X세대 혹은 MTV 세대의 관객들을 사로잡을 수 있는 요소들을 두루 갖추고 있다. 종전 영화에서는 볼 수 없던 최신의 뮤직비디오에나 등장할 법한 현란한 화면과 빠른 카메라 워크 및 편집, 첨단 기술로 합성된 이미지와 사운드를 활용했고, 때론 비트 있는 록 음악을, 때론 감미로운 주제가를 배경으로 리어나도 디캐프리오(Leonardo DiCaprio)라는 세계적인 미남 청춘스타와 10대의 클레어 데인즈(Claire Danes)를 주연 배우로 내세우고, 또 게이로 분한 흑인 머큐쇼나 히스패닉 계통의 유모에서 보듯 다인종적 캐스팅을 더했다. 한마디로, 젊은 대중을 유인할 만한 온갖 요소들을 총동원한 셈이다. 게다가 이 영화의 배경은 이탈리아 베로나가 아닌 베로나

비치(Verona Beach)라는 가상의 장소이고, 캐퓰렛 가문과 몬터규 가문은 도로를 사이에 두고 마주한 고층 빌딩을 차지하고 대적하며, 조직폭력배들의 싸움과 다름없는 두 가문의 처절한 대결에는 칼싸움이 아니라 총격이 난무하고, 말을 탄 영주가 아니라 흑인 경찰서장이 헬리콥터를 타고 무장한 범죄자들의 싸움을 진압한다. 그리고 주인공들의 죽음은 TV 뉴스 방송과 신문 헤드라인으로 전달되는 하나의 사건 사고 소식에 지나지 않으며, 두 연인의 죽음에도 불구하고 두 집안의 화해는 일어나지도 않는다. 이 모든 폭력, 퇴폐, 환락, 소비, 파괴, 죽음이 난무하는 세기말의 포스트모던한 시공간 속에서 우리가 익히 알고 있는 두 연인의 사랑이 불안하게 펼쳐지는 것이다. 루어만의 「로미오+줄리엣」은 매우 실험적이고 전위적인 기법들과 형식들을 서슴없이 동원하여 젊은 관객들을 사로잡았지만 제피렐리 감독의 영화보다 더 어둡고, 우울하고, 비관적인 여운이 훨씬 더 강하다. 그리고 로미오와 줄리엣의 사랑이 순수하고 아름답고 격렬할수록 사랑이 결핍된 황폐한 주위 환경과의 대비는 더더욱 강렬해진다. 아마도 루어만 영화의 관객 세대와 그들의 부모 세대인 제피렐리 영화 세대 간의 세대 차가 이런 식으로 드러난다고 볼 수도 있다.

앞으로 『로미오와 줄리엣』이 또 어떤 새로운 모습으로 변형되어 우리에게 나타날지 기대가 크다. 영화로든, 연극으로든, 혹은 그 어떤 형식으로든, 『로미오와 줄리엣』은 다양한 문화적 필요에 맞추어 끊임없이 재탄생할 것이기 때문이다.

복잡 미묘하고 함축적인 셰익스피어의 언어를 우리말로 자연스럽게 번역하는 것은 지극히 어려운 일이다. 셰익스피어의 극작품은 하나같이 모두 시적이지만, 『로미오와 줄리엣』은 특히 더 시적인 요소가 강하게 나타나는 작품이어서 '극적인 시'로 불릴 정도이니 그 어려움이 더하다고 할 수 있다. 전체적으로는 약강오보격의 무운시(blank verse)에 산문 대사가 더해지고, 또 그때그때 필요에 맞게 소네트나 각운을 맞춘 대구 등이 삽입되어 있다. 따라서 배우들의 자연스러운 대사 호흡을 살린 공연 대본의 구실도 충실히 하면서 시적인 아름다움도 제대로 표현될 수 있게 옮겨야 마땅하리라.

　게다가 『로미오와 줄리엣』은 셰익스피어의 희곡 가운데 중의어가 가장 많이 나오는 작품으로 꼽히는 만큼 번역할 때 셰익스피어 특유의 재기 발랄한 언어유희의 맛을 살리면서 동시에 이중적인 뜻도 드러내야 하는 힘든 과제를 던져 주고 있다. 그러나 이는 역자의 능력으로는 감당하기 어려운 숙제인 터라 번역으로 이중의 뜻이 전달될 수 없는 부분에는 불가피하게 주석의 도움에 기댈 수밖에 없었다.

　이미 우리나라에서 출간된 『로미오와 줄리엣』 번역본은 적지 않다. 1957년 김재남 교수의 『로오미오와 쥬리엘』을 필두로 여러 역본들이 나왔고, 『햄릿』 다음으로 『로미오와 줄리엣』이 가장 많이 번역되어 반복 출판된 셰익스피어 작품이다. 여러 역본들 가운데 김재남 교수의 역본, 신정옥 교수의 역본(1989), 이덕수 교수의 역본(1990), 김종환 교수의 역본(2006), 최종철 교수의 역본(2008)이 특히 훌륭한 길잡이 역할을 해 주었는데, 이들 선배 역자의 노고가 없었다면 이번 번역도 불가능했을 것이기에 심심한 감사의 뜻을 표하고 싶다. 원문 대사 1행에 대응하는 우리말 글자 수를 제한하여 리듬감을 살리는 운문 번역을 시도한 역본들도 있는 형편이지만, 본 번역은 소네트 형식을 취하는 코러스의 대사와 로미오와 줄리엣의 첫 만남의 대사를 제외하면 운문의 경우라도 특별히 글자 수에 얽매이지 않으려 했고 원문의 뜻을 충실히 전하면서 셰익스피어 특유의 비유와 시적인 묘미를 드러내는 데 초점을 맞추었다. 그리고 『로미오와 줄리엣』을 잘 감상하기 위해서는 셰익스피어의 시대와 극장, 텍스트의 특징, 각색의 역사 등에 관한 기본적인 지식이 필요한 만큼, 독자들을 위해 가능한 한 상세한 내용의 작품 해설을 실으려고 노력했다. 이 해설의 내용은 번역할 때 참고한 여러 셰익스피어 편집본들의 서문을 바탕으로 하되 주요 셰익스피어 관련 저서에서 빌린 내용을 담고, 또 역자가 기왕에 발표한 몇몇 연구 논문의 내용 중 일부를 인용했음을 밝혀 둔다.

　여러모로 부족하지만 이 번역본을 완성하기까지 우여곡절이 많았다. 『로미오와 줄리엣』의 번역을 부탁한 고 신광현 선생과의 약속을 이제라도 지킬 수 있어 다행이라 생각하고, 오랫동안 기다려 준 을유문화사에도 죄송한 마음으로 감사의 인사를 전한다. 엉성한 번역 초고를 꼼꼼히 읽고 조언해 준 이미영 교수에게도 감사한 마음이다.

혹시 셰익스피어의 작품을 어렵고 고리타분하게만 생각해 온 독자가 있다면, 또는 『로미오와 줄리엣』을 읽지 않은 채 대강의 스토리만으로 상투적이고 식상한 사랑 이야기라고 여겨 온 독자가 있다면, 이번 역본을 통해 새로운 눈으로 셰익스피어의 작품을 읽고 다채로운 인물들과 생생한 상상 속의 대화를 나누면서 그런 선입견에서 점차 벗어날 수 있기를 바라는 마음 간절하다.

판본 소개

　셰익스피어의 『로미오와 줄리엣』 친필 원고는 남아 있지 않다. 1597년 출판된 제1사절판과 그보다 8백 행 정도 길고 상대적으로 질이 개선된 것으로 간주되는 제2사절판(1599)이 남아 있는데, 제2사절판은 17세기에 출판된 제3사절판(1609), 제4절판(1622?), 제5사절판(1637) 모두의 근간이 된다. 또한 셰익스피어 사후 출간된 최초의 전집인 제1이절판(1623)에 수록된 『로미오와 줄리엣』도 제2사절판의 재출판본 격인 제3사절판이 근간이 되므로, 결국 제2사절판이 가장 중요한 텍스트이다.

　현재의 독자들이 읽는 『로미오와 줄리엣』 텍스트는 후세의 학자들이 셰익스피어의 원작에 최대한 가깝게 복원하려고 노력한 결과물로서의 편집본에 해당하며, 이들 편집본의 절대적 근간을 이루는 텍스트는 공통적으로 제2사절판이다. 따라서 여러 편집본들 사이에 중대한 내용상의 차이는 없다. 다만 뉴케임브리지 편집본과 같이 흔히 2막 시작하기 전에 배치되는 두 번째 코러스의 서사를

1막 5장 맨 끝에 놓는다든지, 옥스퍼드 대학 편집본과 같이 벤볼리오, 머큐쇼 일행이 로미오를 찾다가 떠나는 장면에서 2막 1장을 끝내고, 숨어 있던 로미오가 앞으로 나서며 줄리엣이 있는 2층 창문으로 다가가는 부분에서 2막 2장을 시작하는 대부분의 편집본과는 달리 계속 2막 1장으로 이어지게 진행하는 등 막과 장의 구분에서 차이가 좀 있다. 그리고 구두점과 철자 표기, 무대 지문 표시 면에서 약간 차이가 나는 정도이다. 원래 셰익스피어의 극은 막과 장의 구분 없이 계속 진행되는 것이 특징이고, 배우들의 등장과 퇴장을 비롯해서 여러 행동을 알려주는 무대 지문이 자세하지도 명확하지도 않거니와 그때그때의 공연 상황이나 배우들의 재량에 맡기는 경우가 많았기 때문에 후세 학자들의 편집본이 모두 똑같을 수는 없다.

여러 주요 편집본들 가운데 『로미오와 줄리엣』 번역은 셰익스피어 학자들이 본문을 인용할 때 가장 널리 이용하는 편집본이라 할 리버사이드판(The Riverside Shakespeare, Second Edition, 1997) 『로미오와 줄리엣(*Romeo and Juliet*)』 텍스트를 기본으로 삼되, 브라이언 기번스(Brian Gibbons) 편집의 아든판(The Arden Shakespeare, 1980)과 블레이크모어 에번스(G. Blakemore Evans) 편집의 뉴케임브리지판(The New Cambridge Shakespeare, 1984), 질 레번슨(Jill L. Levenson) 편집의 옥스퍼드판(The Oxford Shakespeare, 2000)을 함께 참고했다. 독자들의 이해를 돕기 위해 꼭 필요하다고 생각한 주석을 달 때에도 네 가지 편집본에 실린 상세한 주해를 두루 참고했다. 등장인물의 표기, 장소의 표기, 막과

장의 구분, 무대 지문 표기 등도 대부분 리버사이드판을 기본으로 삼았지만, 무대 지문의 경우 책으로만 접하는 독자들이 더 쉽게 내용을 이해하고 장면을 떠올릴 수 있도록 다른 세 가지 편집본을 참고해서 더 상세히 추가한 부분도 있다(예컨대 1막 5장 캐풀렛 가문의 연회에서 티볼트 때문에 화가 난 캐풀렛이 한편으로는 티볼트에게 야단을 치다가, 한편으로는 손님들의 흥을 돋우는 말을 하다가, 또 한편으로는 하인들에게 횃불을 더 밝히라고 지시하다가, 다시 티볼트에게 가만히 있으라고 명령하다가, 또 손님들에게 여흥을 권하는 대사는 그때그때 대화 상대를 밝혀 주는 지문이 없다면 독자들이 혼란스러울 수도 있다. 그런 이유로 리버사이드판에는 없는 지문을 옥스퍼드판을 참고하여 추가했다).

윌리엄 셰익스피어 연보

1564 스트랫퍼드어폰에이번에서 출생.

1571 보통학교에 입학했을 것으로 추정.

1582 18세의 나이로 여덟 살 연상인 26세의 앤 해서웨이와 결혼.

1583 결혼한 지 5개월 후 첫딸 수재너 출생. 수재너 1649년에 사망.

1585~1592 스트랫퍼드를 떠나 극작가 겸 배우로 극단에 합류.

1585 쌍둥이 햄닛과 주디스 출생. 햄닛은 1596년에, 주디스는 1662년에 사망.

1589~1590 『헨리 6세 1부(*Henry VI, Part 1*)』.

1590~1591 『헨리 6세 2부(*Henry VI, Part 2*)』, 『헨리 6세 3부(*Henry VI, Part 3*)』.

1592 런던에서 극작가이자 배우로 알려지기 시작함. 로버트 그린이 '벼락출세한 까마귀'라고 셰익스피어를 비난함. 전염병으로 런던 극장들 폐쇄됨.

1592~1593 『비너스와 아도니스(*Venus and Adonis*)』, 『리처드 3세(*Richard III*)』, 『베로나의 두 신사(*The Two Gentlemen of Verona*)』.

1592~1594 『실수의 희극(*The Comedy of Errors*)』.

1593 『소네트』를 쓰기 시작한 것으로 추정. 여러 해에 걸쳐 총 154편의 소네트 연시를 씀.

1593~1594 『루크리스의 겁탈(*The Rape of Lucrece*)』, 『타이터스 앤드로니커스(*Titus Andronicus*)』, 『말괄량이 길들이기(*The Taming of the Shrew*)』.

1594~1595 『사랑의 헛수고(*Love's Labour's Lost*)』.

1594~1596 『존 왕(*King John*)』.

1595 『리처드 2세(*Richard II*)』, 『한여름 밤의 꿈(*A Midsummer Night's Dream*)』, 『로미오와 줄리엣(*Romeo and Juliet*)』, 『윈저의 즐거운 아낙네들(*The Merry Wives of Windsor*)』.

1596~1597 『베니스의 상인(*The Merchant of Venice*)』, 『헨리 4세 1부(*Henry IV, Part One*)』.

1597 뉴 플레이스 저택 구입. 은퇴 후 이곳에서 여생을 보냄. 『헨리 4세 2부(*Henry IV, Part Two*)』.

1598~1599 『헛소동(*Much Ado About Nothing*)』.

1599 『줄리어스 시저(*Julius Caesar*)』, 『헨리 5세(*Henry V*)』, 『뜻대로 하세요(*As You Like It*)』. 셰익스피어가 주주로 있는 의전 장관 극단(The Lord Chamberlain's Men) 전용 극장인 글로브 극장(The Globe Theatre) 개장.

1600~1601 『햄릿(*Hamlet*)』.

1601 『불사조와 거북(*The Phoenix and Turtle*)』.

1601~1602 『십이야(*Twelfth Night*)』, 『트로일로스와 크레시다(*Troilus and Cressida*)』, 『끝이 좋으면 다 좋아(*All's Well That Ends Well*)』.

1603 엘리자베스 여왕 서거. 제임스 1세(스코틀랜드의 제임스 6세) 즉위. 왕의 허락을 얻어 의전 장관 극단을 왕실 극단(The King's Men)으로 개명. 흑사병으로 런던에서만 3천 명 이상 사망.

1604 『자에는 자로(*Measure for Measure*)』, 『오셀로(*Othello*)』.

1605 『리어 왕(*King Lear*)』, 『맥베스(*Macbeth*)』.

1606 『앤터니와 클레오파트라(*Antony and Cleopatra*)』.

1607~1608 『코리올레이너스(*Coriolanus*)』, 『아테네의 타이먼(*Timon of Athens*)』, 『페리클레스(*Pericles*)』.

1608 왕실 극단이 최초의 상설 실내 극장인 블랙프라이어 극장을 장기 임대함.

1608~1609 전염병으로 런던의 모든 극장 폐쇄.

1609~1610 『심벌린(*Cymbeline*)』.

1610~1611 『겨울 이야기(*The Winter's Tale*)』.

1611 『폭풍우(*The Tempest*)』.

1612~1613 『헨리 8세(*Henry VIII*)』 존 플레처와 공동 집필.

1613 『두 고귀한 친척(*The Two Noble Kinsmen*)』 존 플레처와 공동 집필. 글로브 극장, 화재로 소실.

1614 글로브 극장, 자리를 옮겨 템스 강 맞은편에 재개장.

1616 4월 23일 셰익스피어 사망.

1623 앤 해서웨이 셰익스피어 사망. 셰익스피어의 동료 배우이자 동업자였던 존 헤밍스와 헨리 콘델이 셰익스피어의 작품 36개를 묶어 이절판 전집(The First Folio) 출간.

* 셰익스피어의 모든 작품은 정확한 집필 연대를 알 수 없다. 위에 나온 집필 연대는 공연에 대한 당대인들의 언급이나 극단 회계 장부, 기록 보관소의 출납 기록 등에 의거하여 많은 학자들이 추정한 연대이며, 이는 학자에 따라 다를 수 있다.

새롭게 을유세계문학전집을 펴내며

을유문화사는 이미 지난 1959년부터 국내 최초로 세계문학전집을 출간한 바 있습니다. 이번에 을유세계문학전집을 완전히 새롭게 마련하게 된 것은 우리가 직면한 문화적 상황에 적극적으로 대응하기 위해서입니다. 새로운 을유세계문학전집은 세계문학의 역할이 그 어느 때보다 중요해졌다는 인식에서 출발했습니다. 오늘날 세계에서 타자에 대한 이해는 우리의 안전과 행복에 직결되고 있습니다. 세계문학은 지구상의 다양한 문화들이 평등하게 소통하고, 이질적인 구성원들이 평화롭게 공존할 수 있는 문화적인 힘을 길러 줍니다.

을유세계문학전집은 세계문학을 통해 우리가 이런 힘을 길러 나가야 한다는 믿음으로 만들어졌습니다. 지난 5년간 이를 준비하기 위해 많은 노력을 기울였습니다. 세계 각국의 다양한 삶의 방식과 문화적 성취가 살아 있는 작품들, 새로운 번역이 필요한 고전들과 새롭게 소개해야 할 우리 시대의 작품들을 선정했습니다. 우리나라 최고의 역자들이 이들 작품 속 한 문장 한 문장의 숨결을 생생히 전하기 위해 심혈을 기울였습니다. 또한 역자들은 단순히 번역만 한 것이 아니라 다른 작품의 번역을 꼼꼼히 검토해 주었습니다. 을유세계문학전집은 번역된 작품 하나하나가 정본(定本)으로 인정받고 대우받을 수 있도록 최선을 다했습니다. 세계문학이 여러 경계를 넘어 우리 사회 안에서 주어진 소임을 하게 되기를 바라며 을유세계문학전집을 내놓습니다.

을유세계문학전집 편집위원단 (가나다 순)

김월회 (서울대 중문과 교수)
박종소 (서울대 노문과 교수)
손영주 (서울대 영문과 교수)
신정환 (한국외대 스페인어통번역학과 교수)
정지용 (성균관대 프랑스어문학과 교수)
최윤영 (서울대 독문과 교수)

을유세계문학전집

BC 458 **오레스테이아 3부작**
아이스퀼로스 | 김기영 옮김 |77|
수록 작품: 아가멤논, 제주를 바치는 여인들,
자비로운 여신들
그리스어 원전 번역
서울대 선정 동서고전 200선
시카고 대학 선정 그레이트 북스

BC 434 **오이디푸스 왕 외**
/432 소포클레스 | 김기영 옮김 |42|
수록 작품: 안티고네, 오이디푸스 왕, 콜로노
스의 오이디푸스
그리스어 원전 번역
「동아일보」 선정 '세계를 움직인 100권의 책'
서울대 권장 도서 200선
고려대 선정 교양 명저 60선
시카고 대학 선정 그레이트 북스

1191 **그라알 이야기**
크레티앵 드 트루아 | 최애리 옮김 |26|
국내 초역

1225 **에다 이야기**
스노리 스툴루손 | 이민용 옮김 |66|

1241 **원잡극선**
관한경 외 | 김우석 · 홍영림 옮김 |78|

1496 **라 셀레스티나**
페르난도 데 로하스 | 안영옥 옮김 |31|

1595 **로미오와 줄리엣**
윌리엄 셰익스피어 | 서경희 옮김 |82|
미국대학위원회 선정 SAT 추천 도서

1608 **리어 왕 · 맥베스**
윌리엄 셰익스피어 | 이미영 옮김 |3|

1630 **돈 후안 외**
티르소 데 몰리나 | 전기순 옮김 |34|
국내 초역 「불신자로 징계받은 자」 수록

1670 **팡세**
블레즈 파스칼 | 현미애 옮김 |63|

1699 **도화선**
공상임 | 이정재 옮김 |10|
국내 초역

1719 **로빈슨 크루소**
대니얼 디포 | 윤혜준 옮김 |5|

1749 **유림외사**
오경재 | 홍상훈 외 옮김 |27, 28|

1759 **신사 트리스트럼 샌디의
인생과 생각 이야기**
로렌스 스턴 | 김정희 옮김 |51|
노벨연구소 선정 100대 세계 문학

1774 **젊은 베르터의 고통**
요한 볼프강 폰 괴테 | 정현규 옮김 |35|

1799 **휘페리온**
프리드리히 횔덜린 | 장영태 옮김 |11|

1804 **빌헬름 텔**
프리드리히 폰 실러 | 이재영 옮김 |18|

1813 **오만과 편견**
제인 오스틴 | 조선정 옮김 |60|

1817 **노생거 사원**
제인 오스틴 | 조선정 옮김 |73|

1818 **프랑켄슈타인**
메리 셸리 | 한애경 옮김 |67|
뉴스위크 선정 세계 명저 100
옵서버 선정 최고의 소설 100
미국대학위원회 선정 SAT 추천 도서

1831 **예브게니 오네긴**
알렉산드르 푸슈킨 | 김진영 옮김 |25|

파우스트
요한 볼프강 폰 괴테 | 장희창 옮김 |74|
서울대 권장 도서 100선
미국대학위원회 SAT 권장 도서

1835 **고리오 영감**
오노레 드 발자크 | 이동렬 옮김 |32|
서머싯 몸 선정 세계 10대 소설
연세 필독 도서 200선

1836 **골짜기의 백합**
오노레 드 발자크 | 정예영 옮김 |4|

1844 **러시아의 밤**
블라지미르 오도예프스키 | 김희숙 옮김 |75|

1847 **워더링 하이츠**
에밀리 브론테 | 유명숙 옮김 |38|
서머싯 몸 선정 세계 10대 소설
서울대 선정 동서 고전 200선
미국대학위원회 SAT 권장 도서

제인 에어
샬럿 브론테 | 조애리 옮김 |64|
연세 필독 도서 200선
미국대학위원회 SAT 권장 도서
BBC 선정 영국인들이 가장 사랑하는 소설 100선
「가디언」 선정 가장 위대한 소설 100선

1850 **주홍 글자**
너새니얼 호손 | 양석원 옮김 |40|

1855 **죽은 혼**
니콜라이 고골 | 이경완 옮김 |37|
국내 최초 원전 완역

1866 **죄와 벌**
표도르 도스토예프스키 | 김희숙 옮김 |55, 56|
미국대학위원회 SAT 권장 도서
하버드 대학교 권장 도서

1880 **워싱턴 스퀘어**
헨리 제임스 | 유명숙 옮김 |21|

1886 **지킬 박사와 하이드 씨·존 니컬슨**
로버트 루이스 스티븐슨 | 윤혜준 옮김 |81|

1888 **꿈**
에밀 졸라 | 최애영 옮김 |13|
국내 초역

1889 **쾌락**
가브리엘레 단눈치오 | 이현경 옮김 |80|
국내 초역

1896 **키 재기 외**
히구치 이치요 | 임경화 옮김 |33|
수록 작품: 섣달그믐, 키 재기, 탁류, 십삼야,
갈림길, 나 때문에

체호프 희곡선
안톤 파블로비치 체호프 | 박현섭 옮김 |53|
수록 작품: 갈매기, 바냐 삼촌, 세 자매, 벚나무
동산

1899 **어둠의 심연**
조지프 콘래드 | 이석구 옮김 |9|
수록 작품: 어둠의 심연, 진보의 전초기지,
「청춘과 다른 두 이야기」, 작가 노트, 「나르시
서스호의 검둥이」 서문
미국대학위원회 SAT 권장 도서
연세 필독 도서 200선

1900 **라이겐**
아르투어 슈니츨러 | 홍진호 옮김 |14|
수록 작품: 라이겐, 아나톨, 구스틀 소위

1903 **문명소사**
이보가 | 백승도 옮김 |68|

1908 **무사시노 외**
구니키다 돗포 | 김영식 옮김 |46|
수록 작품: 겐 노인, 무사시노, 잊을 수 없는 사
람들, 쇠고기와 감자, 소년의 비애, 그림의 슬픔,
가마쿠라 부인, 비범한 범인, 운명론자, 정직자,
여난, 봄 새, 궁사, 대나무 쪽문, 거짓 없는 기록
국내 초역 다수

1909 **좁은 문·전원 교향곡**
앙드레 지드 | 이동렬 옮김 |24|
1947년 노벨문학상 수상

1914 **플라테로와 나**
후안 라몬 히메네스 | 박채연 옮김 |59|
1956년 노벨문학상 수상

1915 **변신·선고 외**
프란츠 카프카 | 김태환 옮김 |72|
수록 작품: 선고, 변신, 유형지에서, 신임 변
호사, 시골 의사, 관람석에서, 낡은 책장, 법
앞에서, 자칼과 아랍인, 광산의 방문, 이웃
마을, 황제의 전갈, 가장의 근심, 열한 명의
아들, 형제 살해, 어떤 꿈, 학술원 보고, 최초
의 고뇌, 단식술사
서울대 권장 도서 100선
연세 필독 도서 200선
미국대학위원회 SAT 권장 도서

1919 **데미안**
헤르만 헤세 | 이영임 옮김 |65|

1920 **사랑에 빠진 여인들**
데이비드 허버트 로런스 | 손영주 옮김 |70|

1924 | **마의 산**
토마스 만 | 홍성광 옮김 |1, 2|
1929년 노벨문학상 수상
서울대 권장 도서 100선
연세 필독 도서 200선
「뉴욕타임스」 선정 '20세기 최고의 책 100선'
미국대학위원회 SAT 권장 도서

1924 | **송사삼백수**
주조모 엮음 | 김지현 옮김 |62|

1925 | **소송**
프란츠 카프카 | 이재황 옮김 |16|

요양객
헤르만 헤세 | 김현진 옮김 |20|
수록 작품: 방랑, 요양객, 뉘른베르크 여행
1946년 노벨문학상 수상
국내 초역 「뉘른베르크 여행」 수록

위대한 개츠비
프랜시스 스콧 피츠제럴드 | 김태우 옮김 |47|
미 대학생 선정 '20세기 100대 영문 소설 1위
모던 라이브러리 선정 '20세기 100대 영문학 중 2위
미국대학위원회 추천 '서양 고전 100선'
「르몽드」 선정 '20세기의 책 100선'
「타임」 선정 '20세기 100대 영문 소설'

서푼짜리 오페라 · 남자는 남자다
베르톨트 브레히트 | 김길웅 옮김 |54|

1927 | **젊은 의사의 수기 · 모르핀**
미하일 불가코프 | 이병훈 옮김 |41|
국내 초역

1928 | **체벤구르**
안드레이 플라토노프 | 윤영순 옮김 |57|
국내 초역

1929 | **베를린 알렉산더 광장**
알프레트 되블린 | 권혁준 옮김 |52|

1930 | **식(蝕) 3부작**
마오둔 | 심혜영 옮김 |44|
국내 초역

안전 통행증 · 사람들과 상황
보리스 파스테르나크 | 임혜영 옮김 |79|
원전 국내 초역

1934 | **브루노 슐츠 작품집**
브루노 슐츠 | 정보라 옮김 |61|

1935 | **루쉰 소설 전집**
루쉰 | 김시준 옮김 |12|
서울대 권장 도서 100선
연세 필독 도서 200선

1936 | **로르카 시 선집**
페데리코 가르시아 로르카 | 민용태 옮김 |15|
국내 초역 시 다수 수록

1938 | **사형장으로의 초대**
블라디미르 나보코프 | 박혜경 옮김 |23|
국내 초역

1946 | **대통령 각하**
미겔 앙헬 아스투리아스 | 송상기 옮김 |50|
1967년 노벨문학상 수상 작가

1949 | **1984년**
조지 오웰 | 권진아 옮김 |48|
1999년 모던 라이브러리 선정 '20세기 100대
영문학'
2005년 「타임」 선정 '20세기 100대 영문
소설'
2009년 「뉴스위크」 선정 '역대 세계 최고의
명저' 2위

1954 | **이즈의 무희 · 천 마리 학 · 호수**
가와바타 야스나리 | 신인섭 옮김 |39|
1952년 일본 예술원상 수상
1968년 노벨문학상 수상

1955 | **엿보는 자**
알랭 로브그리예 | 최애영 옮김 |45|
1955년 비평가상 수상

저주받은 안뜰 외
이보 안드리치 | 김지향 옮김 |49|
수록 작품: 저주받은 안뜰, 몸통, 술잔, 물방
앗간에서, 올루야크 마을, 삼사라 여인숙에서
일어난 우스운 이야기
세르비아어 원전 번역
1961년 노벨문학상 수상 작가

1962 | **이력서들**
알렉산더 클루게 | 이호성 옮김 |58|

1964 | **개인적인 체험**
오에 겐자부로 | 서은혜 옮김 |22|
1994년 노벨문학상 수상

1967 **콜리마 이야기**
바를람 샬라모프 | 이종진 옮김 |76|
국내 초역

1970 **모스크바발 페투슈키행 열차**
베네딕트 예로페예프 | 박종소 옮김 |36|
국내 초역

1979 **천사의 음부**
마누엘 푸익 | 송병선 옮김 |8|

1981 **커플들, 행인들**
보토 슈트라우스 | 정항균 옮김 |7|
국내 초역

1982 **시인의 죽음**
다이허우잉 | 임우경 옮김 |6|

1991 **폴란드 기병**
안토니오 무뇨스 몰리나 | 권미선 옮김
|29, 30|
국내 초역
1991년 플라네타상 수상
1992년 스페인 국민상 소설 부문 수상

1996 **아메리카의 나치 문학**
로베르토 볼라뇨 | 김현균 옮김 |17|
국내 초역

2001 **아우스터리츠**
W. G. 제발트 | 안미현 옮김 |19|
국내 초역
전미 비평가 협회상
브레멘상
「인디펜던트」 외국 소설상 수상
「LA타임스」, 「뉴욕」, 「엔터테인먼트 위클리」
선정 2001년 최고의 책

2002 **야쿠비얀 빌딩**
알라 알아스와니 | 김능우 옮김 |43|
국내 초역
바쉬라힐 아랍 소설상
프랑스 툴롱 축전 소설 대상
이탈리아 토리노 그린차네 카부르 번역 문학상
그리스 카바피스상

2005 **우리 짜르의 사람들**
류드밀라 울리츠카야 | 박종소 옮김 |69|
국내 초역

2007 **시카고**
알라 알아스와니 | 김능우 옮김 |71|
국내 초역